NOS PLUS BEAUX RÔLES

AUTEURE DE BEST-SELLERS CLASSÉS AU NEW YORK TIMES

J. KENNER

Nikki & Damien Stark

Délivre-moi

Possède-moi

Aime-moi

Comble-moi (une nouvelle)

Prends-moi (une nouvelle)

Joue mon jeu (une nouvelle)

Surprends-moi (une nouvelle)

Retiens-moi

Tout contre toi (une nouvelle)

Tout pour toi (une nouvelle)

Protège-moi

Damien

Plus de Nikki & Damien à venir

Jackson & Sylvia

Sur tes lèvres

Sur ta peau

À tes pieds

Jamie & Ryan

Apprivoise-moi

Tente-moi

Attise-moi

Rencontrez les hommes de Most Wanted

Te désirer

T'enflammer

T'envoûter

Découvrez les hommes de Stark Sécurité.

En mille éclats

Dans ton ombre (prequelle)

En mémoire de nous

En demi-teinte

En haute voltige

En ton nom

En crescendo (nouvelle)

En plein cœur

Plus de Stark Sécurité à venir

L'Homme du Mois

Droit au cœur - Mister Janvier

Vague à l'âme - Mister Février

Raison d'être - Mister Mars

Coup de sang - Mister Avril

État d'âme - Mister Mai

Droit au but - Mister Juin

Au beau fixe - Mister Juillet

Diable au corps - Mister Août

Cri du cœur - Mister Septembre

Corps à corps - Mister Octobre

État d'esprit - Mister Novembre

Force d'âme... - Mister Décembre

Cocktail royal - livre bonus

Blackwell-Lyon Sécurité

Nos adorables mensonges

Nos drôles de jeux

Nos belles erreurs

Nos plus beaux rôles

ÉCRIT COMME JULIE KENNER

Maman contre démon

Démon de l'après-midi

Démons et merveilles

Démon ne meurt jamais

Déjà démon

Allô maman, démon ! (nouvelle)

Démon ex machina

Démon en vadrouille

Démon à bord

Démon, mode d'emploi

NOS PLUS BEAUX RÔLES

AUTEURE DE BEST-SELLERS CLASSÉS AU NEW YORK TIMES

J. KENNER

Traduit de l'anglais par Laure Valentin

BLACKWELL-LYON SÉCURITÉ

D̲ÉCOUVREZ LES HOMMES
DE B̲LACKWELL-L̲YON S̲ÉCURITÉ

Nos adorables mensonges
Nos drôles de jeux
Nos belles erreurs
Nos plus beaux rôles

Nos plus beaux rôles © 2019, 2022 par Julie Kenner
Conception graphique de la couverture par Michele Catalano, Catalano Creative
Traduit de l'anglais par Laure Valentin

ISBN : 978-1-953572-78-3
ISBN imprimé : 978-1-953572-79-0

Publié par Martini & Olive Books
V-2022-29P2

PROLOGUE

Un homme n'est rien sans code d'honneur.

Et il est moins que rien s'il enfreint son propre code.

C'est ce que mon père m'a toujours dit, et avec toutes les médailles sur sa poitrine et un bureau jonché de décorations, le général Christopher Anthony Palermo en savait un rayon en matière d'honneur.

J'aime à croire que moi aussi, j'en sais quelque chose.

Toute ma vie, j'ai marché sur le droit chemin, suivant ces lignes dans le sable sans jamais les enfreindre. Les lignes de la confiance, de l'éthique et de la bonne vieille morale.

Je respecte la loi et le système. Je ne trahis pas la confiance de mes amis et je ne joue jamais avec le cœur des femmes. Je ne reste pas les bras croisés devant l'injustice et je suis prêt à me salir pour une cause que j'estime juste.

Je ne supporte pas d'être utilisé et je ne tolère pas ceux qui profitent du malheur. Je me bats à la loyale, mais si l'on s'en prend à moi ou aux miens, on peut s'attendre à une bonne correction.

L'école. La guerre. Le travail. La famille. Peu importe. Je suis resté fidèle à ces principes dans tous les domaines de ma vie.

Et puis elle atterrit dans mon lit, et soudain, je suis incapable de respecter mon code d'honneur et de ne pas l'enfreindre. Avec elle, tout ce que je sais sur ma vie et sur moi-même se retrouve chamboulé.

Honnêtement, je ne peux même pas dire si c'est mal ou, au contraire, si c'est *très* bon.

CHAPITRE UN

— En d'autres termes, tu as arrêté ce voleur avec les fesses.

Brody Carrington me sourit.

— Tu m'impressionnes, Léo. Jamais à court d'idées.

— Que veux-tu que je te dise ? Je serais prêt à tout pour mes clients.

Il me tend sa bouteille de bière.

— À Leonardo Vincent Palermo. Les fesses les plus rapides de l'Ouest.

Je lève la mienne en réaction et nous trinquons.

— Oh, arrête, dis-je d'une voix traînante. Tu vas me faire rougir.

Il éclate de rire, puis il prend une longue gorgée. Nous buvons des Corona arrangées, une spécialité du *Fix* sur la 6ᵉ Rue, un bar branché d'Austin, à quelques pâtés de maisons seulement de mon bureau.

Mon meilleur ami, Brody Carrington, est le premier client que j'ai amené chez Blackwell-Lyon Sécurité il y a six mois, quand j'ai commencé à travailler avec eux, et hier soir, je travaillais sur une affaire qu'il nous a confiée.

Plutôt simple, en fait. Le client était l'ami de Brody, le bras droit de l'un des sénateurs du Texas. Le sénateur est en plein effort en vue de sa réélection et il soupçonnait un membre de son équipe de vendre ses secrets et ses stratégies.

Il n'a fallu que quelques semaines pour confirmer l'infraction et pincer le voleur en question. L'équipe et moi avons élaboré un plan. Nous avons demandé au sénateur de laisser un morceau de fromage, et j'ai attendu dans l'obscurité du bureau que le rat pointe le bout de son nez.

Bien sûr, personne ne s'attendait à ce que le rat casse une fenêtre du quatrième étage et essaie de s'échapper le long de la gouttière. Puisque je suis entièrement dévoué à mon travail, je me suis lancé à sa poursuite et j'ai bondi moi-même sur la gouttière avant de me laisser glisser à mi-chemin pour mieux le rattraper.

Pour être honnête, je n'avais pas précisément prévu d'assommer le fuyard avec mes fesses, mais quand le succès se présente on ne le refuse pas. Et je penserai à remercier mon coach la prochaine fois qu'il chargera les haltères pour corser un peu mes sessions de squats. Miches d'acier, c'est moi.

— Ça fait deux cas que tu résous pour moi.

Brody prend le temps de boire avant d'ajouter :

— Tu veux en essayer un troisième ?

Je m'adosse dans ma chaise en ricanant.

— Tu as une autre mission ? Brody, mon vieux, tu attires les ordures comme des mouches.

— Non, cette fois, c'est du tout cuit. Sérieusement. Une simple escorte, rien de plus.

— Je m'en veux de refuser de t'accompagner au bal de promo, vieux, mais je n'arrête pas depuis des mois. Je vais prendre deux semaines de permission.

— Ah oui ? Tu vas quelque part ?

— Non, je reste à Austin à la maison. Ça fait presque un an et demi que je suis ici et le garage est toujours rempli de cartons.

Il secoue la tête en feignant le reproche.

— Tu n'es pas très fun, tu sais ? Où est passé ton sens de l'aventure ?

— J'ai assez d'aventures comme ça. Pour tout te dire, j'avais prévu d'aller à Dallas voir mes parents, mais maman a convaincu papa de partir en croisière en Alaska.

Ma mère adore voyager, mais papa estime qu'il a vu du pays plus qu'il n'en faut pendant ses années dans l'armée. Maintenant, il a envie de rester chez lui, de passer du temps avec ses amis, les chiens et la femme qu'il adore.

Cela dit, il aime trop ma mère pour se montrer rigide. Et ils ont trouvé un compromis avec l'Alaska. « Parce qu'une croisière est le seul moyen de visiter plusieurs destinations sans refaire constamment sa valise », m'avait-il expliqué.

— Il va se régaler, répond Brody. C'est le dernier voyage que nous avons fait ensemble, Karen et moi.

— Je suis désolé, dis-je, contrit. Je ne savais pas. Sinon, je n'aurais pas mentionné l'Alaska...

— Je sais, ce n'est rien. C'est un bon souvenir. Il y aura toujours quelque chose qui me rappellera Karen. Et un de ces jours, les souvenirs seront heureux.

Il lève sa bouteille de bière en haussant les épaules.

— Enfin, c'est ce que tout le monde me dit.

Je pédale dans la semoule, cherchant un moyen d'effacer le chagrin dans le regard de mon ami. Karen est morte il y a trois ans, victime d'une tumeur au cerveau diagnostiquée sur le tard. La dégradation fulgurante de son état de santé a été à la fois une bénédiction et une malédiction. Elle a moins souffert, mais Brody a eu à peine le temps de se faire à l'idée avant qu'elle disparaisse.

Quelques mois plus tard, il a démissionné de son poste d'inspecteur au département de police de Dallas pour devenir PDG de la société familiale après que son père a pris sa retraite. Il a toujours dit qu'il l'avait fait pour son père, mais j'ai ma théorie. Je crois qu'il aimait tellement son travail que c'était un crève-cœur, ce rappel quotidien et douloureux de son amour pour Karen. De ce qu'il a perdu quand elle est morte.

Je crois aussi qu'il regrette d'être parti, même s'il ne l'avouera jamais. Brody n'est pas du genre à travailler dans un bureau. Pas plus qu'il n'aime la gestion administrative. Jusqu'à présent, cela dit, rien ne laisse présager qu'il compte tirer sa révérence.

— Tu as l'air tout penaud, s'exclame-t-il. Franchement, ce n'est rien. Paye la prochaine tournée et écoute ce que j'ai à te dire sur cette mission, et nous serons quittes.

— Très bien, dis-je avant de faire signe à Éric, le barman, de nous resservir.

— Bon, tu te souviens de Sam ?

— Évidemment.

Je souris au souvenir de sa petite sœur.

— Tu te rappelles quand on était en troisième ? demandé-je. Elle était en quelle classe, déjà ? En sixième ? Je croyais que ta mère allait nous dépecer vivants quand elle a appris qu'on avait obligé Sam à faire toutes tes tâches ménagères pour que tu puisses venir à la maison.

Les jumelles Myers aux corps de rêve habitaient derrière chez moi et ma chambre avait une vue imprenable sur leur piscine.

— Ça en valait quand même la peine, dit Brody.

Tiens, je me demande ce que deviennent les jumelles...

— Je n'avais pas pensé à elle depuis des années. À Sam non plus, pour tout te dire. Je crois que je ne l'ai pas revue depuis la fin du lycée.

La demi-sœur de Brody, Samantha Watson, avait emménagé chez lui lorsque sa mère avait épousé le père de Brody. Elle avait deux ans, et lui cinq. Quand j'ai rencontré Brody, il n'y avait rien de « demi » dans leur relation : ils avaient tout du grand frère et de la petite sœur, et il l'embêtait tout autant qu'il la protégeait. C'était une pré-ado un peu gauche et je crois que je ne l'ai jamais vue autrement qu'avec un livre ou devant un jeu vidéo sur son ordinateur.

Comme Brody et moi étions comme deux frères, Sam est devenue ma sœur par procuration avec toutes les taquineries, les coups vaches et les chamailleries que cela comporte.

C'était une gentille fille, avec un sens de l'humour affûté, et je suis inquiet qu'elle ait besoin d'aide de la part d'un professionnel de la sécurité.

— Non, non, fait Brody quand je lui fais part de mon inquiétude. Ce n'est pas ça. Il faut seulement l'accompagner à un mariage.

— C'est tout ?

Brody hausse les épaules.

— Je t'ai dit que c'était trois fois rien. Elle comptait y aller en célibataire, mais elle a appris que son ex serait là. Elle... en fait, elle aimerait y aller avec quelqu'un qui se ferait passer pour son fiancé.

Je me redresse, amusé.

— Elle essaie de rendre ce type jaloux ?

— Non, non. À moins qu'elle me mène en bateau, elle affirme qu'il ne l'intéresse plus. Mais je crois qu'il n'a pas été très sympa au moment de leur rupture et elle veut le remettre à sa place, lui montrer qu'il n'était qu'une étape avant le grand amour.

Il lève les mains en signe de capitulation.

— C'est un jeu de rôles stupide, mais Sam n'a pas beaucoup de copains et ce mec lui a vraiment fait du mal. Ce ne serait pas convenable que je lui tombe dessus dans une ruelle sombre, alors j'ai décidé de suivre son plan.

— Et de m'enrôler au passage, ajouté-je avec un sourire.

— C'était son idée, vieux, pas la mienne.

— Vraiment ?

Une serveuse que je n'ai encore jamais vue nous apporte notre deuxième tournée et je prends une longue gorgée, savourant la brûlure du rhum dont le goulot de la bouteille est rempli.

— Pourquoi ?

— C'est sans doute parce que tu es la deuxième option après moi, répond Brody en haussant les épaules.

Je lève les sourcils et il éclate de rire.

— Ce que je veux dire, c'est qu'elle ne cherche pas une amourette, seulement un ami prêt à jouer le rôle. Évidemment, elle ne peut pas prendre son propre frère, alors elle opte pour le remplaçant.

— Un homme digne de confiance.

— Elle t'a toujours fait confiance, mais elle ne te connaît pas aussi bien que moi.

Sur ce, il ouvre les mains comme pour dire : *c'est comme ça, je n'y peux rien.*

Je croise les bras sur mon torse en essayant de ne pas laisser Brody me taper sur les nerfs. D'autant plus qu'il dit la vérité.

— Je lui ai promis de te le demander. Mais franchement, Léo, n'accepte pas si tu ne te sens pas à la hauteur. Et je veux dire à la hauteur de la mission, pas de ma sœur.

La colère gronde en moi, une fureur sourde.

— Attention à ce que tu dis.

Ma voix est grave, presque menaçante. Je vois bien dans ses yeux qu'il est conscient d'avoir exagéré.

— Tu crois vraiment que je ferais ça ?

Pendant un moment, nous nous regardons sans rien dire. Deux hommes qui se connaissent mieux que la plupart des frères, cela peut être dangereux parfois. J'ai l'impression que tout le bar s'est tu. Puis Brody secoue la tête. C'est à peine perceptible, mais ça me suffit. Enfin, la tension vole en éclats comme du verre et nous reprenons nos bouteilles de bière.

— Putain, vieux, dit-il. C'est ma petite sœur.

— Elle est adulte maintenant. Et moi aussi.

Il incline la tête sans rien dire et j'esquisse un demi-sourire.

— Abruti. Je ne suis pas un moine, mais je peux encore garder ma queue dans mon pantalon quand il le faut.

— Tu peux ? Ou tu veux ?

— Tu me fais quoi, là, Brody ?

Enfin, c'est vrai. Brody est censé être mon meilleur ami. Ce qui signifie sans doute qu'il me connaît mieux que personne. Alors, ses inquiétudes sont peut-être légitimes.

Ou peut-être pas. Ces derniers temps, je commence à me lasser des histoires d'un soir. Ça fait plus de deux mois que je n'ai pas baisé. Et je ne sais pas si tout cela m'ennuie ou si, tout simplement, je suis prêt à me caser.

Honnêtement, les deux options me fichent la trouille.

— Quoi ? dis-je en réalisant que Brody me parle.

— J'ai dit que j'étais désolé. J'ai un peu déconné. Mais c'est ma sœur, alors promets-le-moi, d'accord ? Ne me fais pas regretter de t'avoir demandé ça. Je te jure que c'est uniquement parce que Sam me l'a demandé. Je te connais, vieux.

— Si tu me connaissais, tu saurais qu'il est hors de

question que je tente quoi que ce soit. C'est comme une petite sœur pour moi aussi.

— Alors, c'est un oui ? Je peux lui dire que tu es partant pour son projet fou ?

Je secoue la tête, non pas pour lui répondre, mais pour marquer ma perplexité.

— Fou, c'est le mot. Honnêtement, vieux, c'est n'importe quoi.

— Je suis bien d'accord avec toi, mais si tu dépasses le côté fou, c'est une bonne affaire. Le mariage dure tout un week-end, à Fredericksburg.

Il s'agit d'une charmante petite bourgade de la région de Texas Hill Country, célèbre pour ses vignobles, ses restaurants et ses boutiques de qualité.

— Tu pars vendredi, tu reviens lundi matin. Tu bois. Tu manges. Tu te prélasses et tu bouquines. Tu travailles à un million de kilomètres-heure depuis que tu es arrivé à Austin, pas vrai ? Tu auras tout le temps de déballer tes cartons plus tard. On n'a pas souvent la chance de partir en vacances tous frais payés, alcool compris.

C'est juste. Et je survis très bien sans toutes les babioles encore dans les cartons.

— Tu te souviens de son bal de seconde, juste avant qu'on finisse le lycée ? demande-t-il.

Je me renfrogne.

— C'est petit, comme remarque.

Elle portait une veste en jean par-dessus un t-shirt

à manches longues et une paire de Doc Martens. Avec plus de confiance en elle, elle aurait tiré son épingle du jeu, mais Sam était une fille timide, un peu intello coincée.

Je n'ai jamais su ce qui s'était passé ce soir-là, mais comme elle n'arrivait pas à joindre ses parents ni Brody, elle m'a appelé en me suppliant de passer la chercher. Je l'ai fait. Je l'ai ramenée chez elle, mais pas avant de l'entraîner au milieu du gymnase pour une dernière danse. C'était un slow, *I Don't Want To Miss A Thing*, d'Aerosmith. Point de mire de tous les regards, elle tremblait comme une feuille.

Alors, je l'ai embrassée, nous avons quitté la piste de danse et je l'ai emmenée chez *Whataburger* pour des frites et un milk-shake.

— Tu as joué les chevaliers blancs, dit Brody. C'était un beau doigt d'honneur au reste de sa classe.

— C'était une fille super et elle ne méritait pas qu'on se moque d'elle.

— C'est bien vrai, dit Brody. À l'époque, elle était tellement coincée.

— D'après ce que j'ai vu sur ton mur à Halloween, elle n'a pas changé.

Je vais rarement sur les réseaux sociaux, alors je laisse passer beaucoup de choses, mais il me semble que Sam poste rarement des photos. À moins que Brody ne les partage pas. L'an dernier, cela dit, il a partagé l'une de ses publications après une fête d'Halloween. Honnêtement, elle ne semblait pas bien différente. Adorable, mais un peu godiche.

Brody ricana.

— J'oublie que tu ne l'as pas vue depuis le lycée. Sérieusement, tu as changé sa vie ce soir-là. Grâce à toi, elle a passé une année de première bien meilleure. Les gens n'avaient pas oublié que Léo Palermo le beau gosse l'avait accompagnée au bal. Tu as fait la différence.

Peut-être. En terminale, j'étais en haut de la hiérarchie sociale du lycée. Je faisais du sport, je décrochais de bonnes notes et je faisais partie du conseil des lycéens. Et puis, mon physique d'Italien ténébreux hérité de mon père et ma belle stature ne gâchaient rien.

— Tu sais, c'est à ce bal que je l'ai vue pour la dernière fois.

Par la suite, j'avais fait des études dans un autre État, et le temps que je revienne au Texas, elle était partie à Seattle travailler pour une boîte de jeux vidéo.

— Ça fait si longtemps, ajouté-je, songeur.

— Le temps passe. Tu te rappelles quand tu l'as ramenée à la maison ? Je rentrais d'un rencard avec une fille et elle m'a raconté ce qui s'était passé, que tu étais son héros, et j'ai dit que...

— Que toi et moi, nous serions toujours là pour elle. Je m'en souviens.

— Pourtant, on est partis à la fac et on l'a abandonnée, ajoute Brody. Franchement, c'était minable de notre part.

— Tu comptes me faire culpabiliser pour me convaincre de l'aider maintenant ?

— Absolument.

J'éclate de rire malgré moi.

— D'accord, donne-moi son numéro de téléphone. Je ne dis pas oui, mais au moins, elle devra assumer sa petite mise en scène.

— Tu devrais lui parler en personne.

— Elle rentre quand pour cette fiesta ?

— Elle n'a pas à rentrer. Elle est déjà ici.

CHAPITRE DEUX

D'APRÈS BRODY, Sam est à Austin pour un contrat avec une société de jeux vidéo. Elle séjourne à Crestview, un quartier de renom au cœur d'Austin, avec de charmantes villas et des rues ombragées par de nombreux arbres feuillus. C'est l'un de mes quartiers préférés et j'avais envisagé d'acheter dans le coin avant de louer ailleurs, au sud du fleuve. À la fin de mon bail, je chercherai autre chose. En attendant, étant donné que je n'ai toujours pas déballé tous mes cartons, je ne vais pas déménager avant un bout de temps.

Je repère facilement la maison de plain-pied mal entretenue et je me gare au bord du trottoir, puisqu'une petite Mini Cooper bleue occupe déjà l'allée, devant le garage à une place. La porte roulante est soulevée, et en me rapprochant, j'aperçois au moins une dizaine de cannettes de peinture éparpillées, ainsi qu'une porte dégondée en équilibre sur deux tréteaux.

Je suis un chemin de dalles branlantes dans le jardin jusqu'aux escaliers de béton qui conduisent vers un porche en bois à la peinture marron écaillée.

Je tire la porte-moustiquaire et je frappe quelques coups en me demandant si je la reconnaîtrai.

Quelques instants plus tard, la porte s'ouvre à la volée et je découvre le grand sourire joyeux de Samantha Watson. Ses cheveux bruns sont ramenés en arrière sous un bandana bleu et la trace de peinture blanche sur sa joue me fait penser à une gamine des rues. Elle mesure entre cinq et dix centimètres de plus que la dernière fois que je l'ai vue. Maintenant, le sommet de sa tête m'arrive au menton.

J'imagine qu'elle est toujours taillée comme le cure-dents qu'elle était au début de l'adolescence, mais honnêtement, je ne distingue pas bien sa silhouette. Elle porte une chemise d'homme mouchetée de peinture par-dessus un jean ample délavé.

En revanche, je vois parfaitement son visage. À la fois le même et différent. Ses yeux bruns me semblent plus grands et plus sombres, avec le genre de cils qu'arbore Gracie, la femme de Cayden, quand elle pose comme mannequin, si ce n'est que ceux de Sam sont authentiques. Le visage rond et enfantin gravé dans ma mémoire a cédé la place à un ovale parfait accentué par des pommettes qui ressortent quand elle sourit –

ce qu'elle fait en ce moment même, et je ne peux m'empêcher de remarquer que ses lèvres rebondies et sa grande bouche semblent faites pour sourire. Et d'autres choses, aussi. Des choses que je ne suis pas censé remarquer chez la sœur de mon meilleur ami. Pas même en passant. Pas même négligemment.

Je n'ai pas terminé de me reprocher mes pensées déplacées qu'elle s'avance, à l'évidence pour me prendre dans ses bras. Instinctivement, je recule, ses lèvres pulpeuses devant mes yeux en contradiction avec l'avertissement strict de Brody.

À mon grand soulagement, elle éclate de rire.

— Je sais. Plutôt gênant, n'est-ce pas ? C'est vrai, tu étais comme mon frère, mais ça fait tellement longtemps. Il vaut peut-être mieux commencer par une poignée de main amicale avant d'en venir à l'accolade conventionnelle.

Elle tend la main et je la prends. Aussitôt, je remarque qu'elle épouse parfaitement la mienne et je suis étonné par sa peau, lisse en dépit du fait qu'elle semble passer beaucoup de temps à travailler avec les mains.

— D'après ce que m'a demandé Brody, lui dis-je, ça ne s'arrêtera pas à l'accolade conventionnelle.

Peut-être est-ce mon imagination, toujours est-il qu'elle resserre légèrement sa poigne. Je n'ai pas le temps d'analyser les subtilités de notre connexion, parce qu'elle dégage délicatement sa main.

Elle se racle la gorge, puis elle s'écarte et me fait entrer.

— Écoute, je te remercie. Je sais que ça doit te paraître dingue et tu n'as pas idée à quel point c'est important pour moi que tu acceptes.

— Je n'ai pas...

— Je sais. Brody m'a tout dit. Tu ne voulais pas, mais ensuite tu t'es rappelé que vous aviez fait le serment de veiller sur moi, tous les deux. Et même si je suis assez grande pour me débrouiller seule, j'apprécie vraiment. Beaucoup.

Elle s'interrompt et me toise du regard avant de refermer la porte d'entrée et de me faire signe de m'avancer dans la maison.

J'hésite, parce que c'est le moment où je devrais lui dire que je dois partir pour aller étrangler son frère. Ce type est incapable de garder un secret.

— Ce n'est pas que je ne voulais pas aider...

J'abandonne pitoyablement ma phrase lorsqu'elle m'adresse un sourire de biais.

— Je te crois. Pourquoi n'aurais-tu pas envie de partir à Fredericksburg tout le week-end pour le mariage de gens que tu n'as jamais rencontrés, en compagnie d'une femme que tu n'avais pas revue depuis l'enfance et dont tu vas devoir faire semblant d'être le fiancé même si tu ne connais pas sa couleur préférée ?

— Présenté comme ça, en effet, je dois être fou.

J'exécute un salut militaire, puis je tourne les talons vers la porte en ajoutant :

— À plus.

Son rire s'élève dans la pièce et lorsqu'elle m'agrippe le bras pour me tirer en arrière, je souris, moi aussi.

—Attends, cow-boy. Tu as déjà signé pour ce rodéo. Je ne te laisserai pas partir aussi facilement.

Elle ne m'a pas lâché le bras. Mais en ce moment, je ne tiens pas à modifier ce statu quo.

— Je dis simplement que j'apprécie.

Sa voix est douce. Elle vient du fond du cœur.

— Comme j'essayais de le dire, j'ai envie de t'aider. Quant à l'autre question…

— L'autre question ?

— Vert. Ta couleur préférée, c'est le vert.

Je remarque la surprise dans son froncement de sourcils. Elle a toujours été la fille la plus expressive que je connaisse.

— Quoi ? dis-je sur un ton taquin. Tu croyais que je t'oublierais complètement ?

Elle enfonce les mains dans les poches de son jean taché de peinture. Ses épaules et ses sourcils remontent et descendent en même temps.

— Enfin, j'espérais le contraire, dit-elle en fixant le tapis. Mais je suis quand même impressionnée.

Quand elle relève la tête, ses joues paraissent plus roses et je suis frappée par l'harmonie de ce qui constitue Samantha Watson. Et par le fait qu'elle n'est plus la petite fille que je connaissais.

Loin de là. Samantha Watson a bien grandi.

— Eh bien, cet été-là reste gravé dans ma mémoire pour un tas de raisons.

Elle acquiesce.

— C'est l'été où tu as rencontré Brody, dit-elle.

— Et tu nous as suivis partout pendant un mois en le suppliant de t'aider à peindre ta chambre en vert.

— Il le fallait. J'étais une demoiselle en détresse. Maman et papa trouvaient que c'était une idée affreuse, mais j'étais convaincue qu'en voyant le résultat, ils seraient impressionnés. Alors, je devais tout peindre d'un coup.

— Ce qui veut dire que tu avais besoin d'aide.

Je secoue la tête en la revoyant, debout sur les marches, les mains sur les hanches, à plaider sa cause.

— Je n'en reviens pas que nous ayons accepté.

— *Nous ?* fait-elle en penchant la tête. Brody a dit non. Il a fallu que tu proposes d'accrocher une remorque à nos vélos, pour aller acheter la peinture à la quincaillerie, pour que l'idée commence à lui plaire. C'était très cool de ta part, au fait. J'ai toujours pensé ça.

Je souris en la suivant dans le petit salon qui donne sur une vaste cuisine, véritable zone de guerre.

— Tu sais quoi, je vais te dire un secret, ajouté-je. Brody pense peut-être que toute cette histoire est une blague, mais j'ai l'impression d'être un héros en volant à ton secours.

Deux tabourets attendent sous un plan de travail à hauteur de bar, constitué provisoirement d'une simple planche en contreplaqué. Elle tapote doucement sur le bois.

— Ce sera magnifique une fois que ce sera fini, dit-elle tandis que je m'assieds, avant de rejoindre le réfrigérateur. Pour info, tu as été mon *héros* ce jour-là.

Elle l'ouvre et en sort une bouteille de vin blanc, haussant les sourcils d'un air interrogateur. J'acquiesce et elle remplit deux verres.

— À mon héros d'autrefois, dit-elle en levant son verre pour porter un toast. Et à mon héros du week-end. Jamais deux sans trois.

Elle parle avec légèreté, presque nonchalance, mais elle me regarde dans les yeux. Bon sang, tout mon corps se réchauffe. Je remarque qu'elle déboutonne sa chemise et cette chaleur se dirige vers le sud. Heureusement que je suis assis.

— Euh, Sam. Qu'est-ce que tu… ?

Mais avant que je puisse terminer ma phrase, elle répond :

— Désolée pour la température. L'air conditionné est HS depuis que j'ai acheté cette maison, et le pire, c'est dans la cuisine.

D'un geste nonchalant, elle retire la chemise,

dévoilant un débardeur au décolleté rond qui me révèle des courbes très inattendues.

À l'évidence, Sam a bien grandi.

Je m'éclaircis la voix et, dans un effort pour détourner mon attention de sa poitrine vraiment splendide, je m'intéresse à la cuisine en désordre. Les placards ouverts sont à moitié poncés et des portes de toutes les dimensions s'entassent sur les surfaces. Où que je regarde, des gobelets débordent de gonds et de vis. Sans mentionner la sciure, les pinceaux et les boîtes de vernis ouvertes sur le sol recouvert de plastique.

— Tu as acheté ? demandé-je avec un temps de retard. Tu emménages ici ? Brody m'a dit que tu n'étais dans le coin que pour un contrat.

— Oui, dit-elle. Mais cette maison était quasiment donnée, et une fois rénovée, elle sera fabuleuse. Le marché immobilier est encore bon à Austin, je devrais pouvoir me faire une bonne plus-value, d'autant plus que je réalise une grande partie des travaux moi-même.

Je suis impressionné et je ne le lui cache pas.

— La structure est solide, poursuit-elle. Les placards datent des années quarante et ils sont solides comme le roc. Mais la peinture et les poignées sont affreuses. Alors, je les refais les unes après les autres. Et ça, ajoute-t-elle en frappant du plat de la main le contreplaqué qui sert de bar, je m'en débarrasse dès que les nouveaux plans de travail arriveront. En verre composite. Ce sera fabuleux.

— J'imagine.

À présent, je regarde les lieux avec un œil neuf, m'efforçant de les voir comme elle les décrit.

— Ça ne te fera pas de peine de la revendre ?

Elle hausse les épaules.

— Je suis venue ici pour un projet spécifique. Enfin, un projet qui était prévu et un projet bonus qui m'est tombé dessus, en quelque sorte. Tout ça, c'est génial, mais ma carrière est à Seattle.

— Ça ne répond pas à ma question.

— Non, en effet.

Elle prend une longue gorgée de vin, puis elle s'appuie contre l'évier, le dos cambré de sorte que son débardeur se tend sur sa poitrine. Je suis à deux doigts de perdre les pédales.

Elle me regarde dans les yeux et opine, un mouvement imperceptible.

— Si, dit-elle dans un murmure. Je crois que ça me fera de la peine de m'en séparer. Mais je ne suis pas venue à Austin avec des projets à long terme.

— Tu es venue pour le projet de jeu vidéo, et ça, ce n'est qu'un avantage.

— Mais un sacré avantage !

— Je croyais que tu ne faisais que des armes numériques et des villes imaginaires. Je ne me doutais pas que tu étais aussi douée dans le monde réel.

Je sirote mon vin tout en prenant conscience que je ne connais vraiment pas Samantha Watson. Ou du moins, que je ne la connais plus. Maintenant, je la trouve fascinante, talentueuse et très jolie. Elle est toujours la même, et tellement plus à la fois. Pendant un bref instant, je me demande si ce week-end n'est pas une erreur monumentale.

— Je croirais entendre Brody. Parce que je travaille dans le monde du jeu, il croit que toute ma vie tourne autour de ça.

Elle penche la tête et j'ai le sentiment qu'elle cherche à lire en moi.

— Comment ça, *tu croyais* ? Monsieur Palermo, est-ce que tu as pris de mes nouvelles au fil des ans ?

— Bien sûr. Brody se vante sans cesse de tes exploits dans le monde du jeu. Et ça m'est arrivé de lui demander ce que tu deviens.

— Ah oui ?

Son sourire est tellement radieux que je suis content d'avoir avoué que je prenais de ses nouvelles de temps en temps.

— Alors, ce n'est pas « loin des yeux loin du cœur » ?

— Jamais, dis-je avec conviction.

Elle soutient mon regard, le visage rayonnant de plaisir, et j'en ai le souffle coupé. Pendant un moment, nous restons ainsi. Le sang qui bouillonne dans mon corps rugit à mes oreilles.

Avec n'importe quelle autre femme, je monterais d'un cran, histoire de voir si l'électricité qui crépite entre nous relève de mon imagination ou si une alchimie authentique nous unit. Si tel était le cas, je sauterais sur l'occasion et je me ferais un plaisir de mettre un terme à mon abstinence qui dure depuis deux mois.

Mais Sam n'est pas n'importe quelle femme. C'est la sœur de Brody et il me ferait frire les couilles pour le petit-déjeuner.

Comme je tiens à conserver mon anatomie en l'état, je me racle la gorge et je détourne les yeux, concentré sur la pièce pour éviter la femme qui se trouve devant moi.

— Tu fais vraiment ça toute seule ? Tu l'as déjà fait ?

— J'ai rénové des maisons en tant que bénévole à Seattle, pour *Habitat for Humanity*, et j'ai aidé quelques amis aussi. Deux d'entre eux sont venus s'installer dans la région, depuis – le marché du jeu vidéo est excellent ici –, et ils sont passés jeter un œil à la progression des travaux.

— Ils ne te rendent pas la pareille ? Ils pourraient t'aider.

Elle hausse une épaule.

— J'aime me débrouiller toute seule. C'est...

Elle laisse sa phrase en suspens, comme si elle cherchait ses mots.

— Relaxant. Non, disons plutôt que c'est familier.

J'ai envie de lui demander ce qu'elle veut dire, mais je n'en ai pas vraiment besoin, parce que les souvenirs affluent. Samantha, qui faisait la planche dans la piscine de ses parents. Samantha, qui réparait seule son vélo, refusant l'aide que Brody et moi lui proposions. Samantha, qui partait à l'école toute seule, ses écouteurs sur les oreilles pour marcher en rythme, tandis que Brody conduisait le vieux break Subaru cabossé qui faisait sa fierté et sa joie à l'époque du lycée.

Elle a toujours été solitaire. Je crois que c'est l'une des raisons pour lesquelles elle m'a ému à son bal de promo. Je n'avais jamais pensé que l'opinion des autres gamins puisse avoir une importance pour elle.

En fait, je ne m'étais jamais posé de questions.

— Eh bien, si tu changes d'avis, je serais ravi de t'aider à travailler.

Pendant un moment, elle me regarde d'un œil inexpressif. Puis un grand sourire se dessine sur son visage.

— Tu sais quoi ? Je crois que ça me plairait.

Elle désigne le reste de la maison d'un geste de la main.

— Je te fais visiter ?

— Avec joie.

C'est une petite maison, environ soixante mètres carrés, mais la terrasse derrière la cuisine est vaste et protégée du soleil. Il y a une table de ping-pong, que les anciens propriétaires ont laissée, ainsi qu'une balançoire à l'ancienne, un pneu suspendu à un chêne gigantesque au fond du jardin.

— C'est le bazar, dit-elle en me montrant les herbes folles. Mais j'y mettrai de l'ordre un de ces quatre.

Il y a deux entrées donnant sur la terrasse, et la seconde est celle de la chambre principale. C'est une pièce carrée toute simple avec un matelas et un sommier sur un cadre en métal, ainsi qu'une commode. La salle de bains attenante a désespérément besoin d'être remise au goût du jour et Sam me dit que c'est la partie qu'elle attend avec le plus d'impatience.

— Bien sûr, je vais devoir engager un plombier, mais ça vaudra la peine pour avoir une douche à l'italienne et une baignoire sur pieds. Ce sont les salles de bains qui donnent le plus de valeur à une maison, tu sais.

La deuxième chambre se trouve en face de la première, de l'autre côté du couloir. Elle l'a agencée en bureau.

— Quand j'aurai terminé, ce sera une chambre, me dit-elle. Mais en attendant, c'est ici que la magie opère. Sauf les mauvais jours, dans ces cas-là, c'est plutôt un lieu de frustration.

— Les jours où tu es incapable de décider si l'ogre a besoin d'une épée ou d'une massue ?

— Tu sais, ça fait longtemps qu'il n'y a pas eu

d'ogre dans mes jeux. Mais je m'en souviendrai la prochaine fois que je serai coincée. Même si c'est un jeu de course automobile. Je collerai un ogre furieux en plein milieu de la piste et je lui donnerai une épée.

— Je crois que tu tiens quelque chose.

Nous éclatons de rire.

— Ce n'est pas un problème que tu rencontres dans le secteur de la sécurité, reprend-elle. Te retrouver coincé, je veux dire, pas les ogres, évidemment.

— Oh, figure-toi qu'il y a quelques ogres dans mon métier. Quant à rester coincé, je me creuse les méninges plus souvent qu'on pourrait le croire, pour essayer de dénicher de nouvelles informations ou trouver une solution à un problème.

Elle marque une pause au bout du couloir, devant la pièce à aire ouverte qui tient lieu à la fois d'entrée et de salon.

— Parfois, le mieux c'est encore d'agir en secret, sous couverture, non ?

— Absolument.

Elle opine, comme si elle réfléchissait.

— Alors, quels problèmes t'occupent l'esprit en ce moment ?

— Je n'ai pas de mission en cours en ce moment.

— Tant mieux.

Elle incline la tête sur le côté en me dévisageant.

— Ça doit vouloir dire que tu es disponible pour jouer le rôle de mon fiancé.

Cette douce chaleur me titille à nouveau le ventre, mais je l'ignore vaillamment.

— Je crois que je peux y arriver.

Elle esquisse un sourire et une petite fossette creuse sa joue marquée d'une tache de peinture.

— Je n'en doute pas.

Je m'éclaircis la voix, convaincu d'imaginer la chaleur de son timbre.

— Alors, ton ex... C'est le marié ?

— Oh, non. Reg est un invité. Un cousin de la mariée, qui se trouve être l'une de mes meilleures amies. Qui l'aurait cru ?

Je fronce les sourcils en suivant mentalement le schéma qu'elle vient d'exprimer.

— Meilleure amie ? Ça veut dire que tu feras partie du cortège ?

Elle secoue la tête.

— Non. Elle a deux sœurs, alors les demoiselles d'honneur sont toutes trouvées. Mais Cherry et moi, nous étions très proches à la fac, alors je lui donnerai un coup de main au cas où. Ce qui signifie que tu auras beaucoup de temps libre pour te prélasser au bord de la piscine, faire un tour en ville, ce que tu veux. C'est un bel avantage, non ?

— En effet.

J'ai répondu par réflexe, étonné de constater que la

perspective de ne pas passer tout le week-end avec elle me contrarie. Je me dis que c'est uniquement parce que je ne connaîtrai personne et je m'efforce de changer de sujet :

— Parle-moi un peu de lui. Si nous sommes fiancés, je devrais avoir entendu parler de ton ex, n'est-ce pas ?

— Très juste. Eh bien, on travaillait tous les deux chez MT-Tech à Seattle. C'est une société allemande, avec un immense département de jeux en ligne. Il était chef de projet adjoint, et moi, je travaillais pour eux sur un contrat à part tout en essayant de lancer ma propre boîte. D'abord, on était de simples collègues, puis on s'est rendu compte qu'on avait tous les deux grandi au Texas, alors on s'est rapprochés. Amis dans un premier temps, et...

Elle ne termine pas sa phrase et se contente de hausser les épaules.

— Et c'est devenu encore mieux, ajouté-je à sa place. Puis ça s'est dégradé.

— C'est un bon résumé. Maintenant, il sort avec Lisa Bronwyn. Ce nom te dit quelque chose ?

Je secoue la tête.

— Son père est Arwin Bronwyn. C'est le propriétaire du principal concurrent de MT, Sunspot Entertainment.

— Ah oui, j'en ai entendu parler. Ils sont à Austin, n'est-ce pas ?

— Oui. Reg y travaille maintenant, et d'après les rumeurs, c'est le petit prodige de la boîte grâce à un produit terriblement novateur qu'il a créé. Bronwyn est tellement impressionné qu'il va faire de Reg le vice-président responsable de tout le département des jeux en ligne d'ici l'année prochaine.

— En d'autres termes, ton ex – Reg ? – t'a larguée, et maintenant il couche pour réussir.

Ses sourcils arqués remontent sur son front.

— Je sais que c'est mesquin de ma part. Je ne devrais pas chercher à tout prix à ce qu'il me voie avec quelqu'un, mais ça me fait mal de savoir qu'il m'a utilisée et qu'il m'a jetée dès que je ne lui ai plus été d'aucune utilité.

— Ce n'est pas mesquin, mais c'est sans doute superflu. Je suis certain que tu peux trouver mille fois mieux.

Son sourire illumine la pièce et elle m'étonne en me prenant les mains tout en ramenant son corps contre le mien.

— Bien sûr, fait-elle à voix basse, dans un souffle. Après tout, je me suis fiancée, n'est-ce pas ?

Je me crispe, soudain intensément conscient du renflement de ses seins contre mon torse.

— Sam...

Je déglutis en sentant toutes les réactions indési-rables de mon corps.

— Je sais, je sais. Seulement... dit-elle en s'humectant les lèvres, invitation aux baisers. Seulement je veux vraiment qu'il croie que nous sommes en couple. S'il se rend compte que c'est bidon, il va faire courir le mot et je passerai pour une idiote depuis Austin jusqu'à Seattle et au-delà. Merde.

Elle souligne cette interjection en s'écartant vivement de mes bras.

— Je suis vraiment, vraiment désolée. Bon sang, c'était une idée minable. Je suis une abrutie. Ce n'est pas juste envers toi, et...

Sans réfléchir, je lui prends la main et je l'attire à moi pour prendre possession de sa splendide bouche. D'abord, elle se crispe dans mes bras. Puis elle se laisse fondre contre mon corps. Je la trouve tellement parfaite que je ne peux m'empêcher de penser que c'est moi, l'abruti, pas elle. Parce qu'elle m'a donné l'occasion de m'esquiver. Au lieu de ça, non seulement j'ai franchi le cap, mais j'y ai sauté à pieds joints.

Quand je m'écarte enfin, c'est en secouant résolument la tête en réponse à la question que me pose son beau visage ébahi.

— Nous n'annulons pas, et je peux très bien jouer le rôle. Tu te souviens de tous les spectacles que j'ai joués au collège et au lycée ?

J'ignore pourquoi j'ai ajouté cette dernière partie. Peut-être parce que nous devons être clairs sur ce qui se passe ici. C'est une mise en scène pour Reg. Mais il n'y a rien de réel. Absolument rien.

— Tu en es sûr ?

Elle baisse les yeux et ses cils noirs ressortent sur sa peau claire.

— Tu vas devoir faire comme si tu avais éperdument envie de moi. Si Reg ne croit pas qu'un type sexy et incroyablement canon m'a fait chavirer, alors cette mascarade n'a aucun intérêt.

Si j'étais plus malin, je profiterais de la perche qu'elle me tend pour battre en retraite. Au lieu de quoi, je réponds :

— Bien sûr, je vais le faire.

— Merci. Tu es le meilleur.

Elle se hisse sur la pointe des pieds et pose un baiser au coin de mes lèvres. C'est un geste attentionné, tendre, sans le moindre sous-entendu sexuel.

Mais ça n'empêche pas toutes les parties de mon corps de se raidir sous l'effet de la chaleur et de la tension.

Toutes les parties de mon corps.

C'est à ce moment que je comprends que ce sera atrocement difficile de tenir ma promesse envers Brody – et que j'aurais *vraiment* dû dire non.

CHAPITRE TROIS

— Je trouve ça adorable, dit Gracie en m'adressant
son sourire photogénique avant de se tourner vers le
groupe rassemblé dans la cuisine spacieuse de la
maison qu'elle partage avec son mari, Cayden, dans le
nord-ouest d'Austin.

Je viens d'annoncer mon changement de plan pour
le week-end. À savoir que je vais jouer le rôle d'un
fiancé follement épris au lieu de passer mes journées à
déballer mes cartons et à ranger ma petite maison tris-
tement négligée.

— Tu ne trouves pas ça adorable ? demande Gracie
à Cayden, comme personne ne répond.

Avec ses cheveux noirs en bataille et son bandeau
sur l'œil si familier, il ressemble à un pirate. Il se glisse
derrière elle et pose les mains sur son ventre.

— Je t'aime, bébé, lui murmure-t-il. Mais il ne cherche pas à être adorable.

Elle se retourne dans ses bras, faisant voler sa chevelure blonde, et elle fait mine de le gifler. En même temps, Connor, le vrai jumeau de Cayden, part d'un grand éclat de rire de l'autre côté de l'îlot central.

Sans prêter attention à son frère, Cayden saisit le poignet de Gracie et l'attire pour un baiser. Elle fond contre lui, et lorsqu'ils se séparent, il lui sourit.

— Je t'aime, madame ma femme.

Cayden a perdu son œil en Afghanistan, à la suite de quoi il a traversé une période difficile. En plus de l'œil, sa première femme lui a donné du fil à retordre. Je ne l'ai pas connue, mais je n'imagine pas Cayden avec une autre que Gracie.

Ses lèvres frémissent avec amusement… ou contrariété, peut-être.

— Je t'aime aussi, monsieur mon mari, répond-elle. Mais tu ne devrais pas tout miser là-dessus. Après tout, je ne comprends rien à rien.

— On fait la fête ? s'exclame Kerrie, contournant l'îlot central avec deux verres de vin rouge.

Elle en remet un à Cayden, puis elle tend l'autre vers moi.

— Non, je peux attendre, dis-je en désignant Gracie, qui secoue la tête.

— Prends-le, me dit-elle. De l'eau, ça me convient.

— Tu en es sûre ? s'enquiert Connor tout en

remplissant deux autres verres. Il faut fêter ça. Nos missions se terminent rarement de manière aussi rocambolesque, ajoute-t-il en me lançant un coup d'œil.

Je lève mon verre, feignant de porter un toast.

— Brody a déjà fait toutes les blagues possibles au sujet de mes fesses. Mais je veux bien fêter ça.

— Moi aussi, dit Gracie. C'est pour ça que je bois de l'eau gazeuse.

— Tu vas t'envoler, observe Connor. Tu ne bois que ça ces derniers temps.

Les yeux bleus de Gracie pétillent lorsqu'elle sourit.

— Je travaille cette semaine. Et la peau est plus belle pour l'objectif quand on ne boit que de l'eau.

Connor hausse les épaules, perplexe. Cayden, en revanche, est tout sourire. Je penche la tête en faisant mine de m'intéresser à mon vin pour dissimuler mon sourire. Connor est un excellent enquêteur, mais sur ce coup-là, il se plante en beauté. Pourtant, je pense qu'il fera un oncle formidable. Tôt ou tard, il percevra les premiers indices.

Même si la maison est immense, nous restons un moment dans la cuisine et j'emporte mon vin à la table du petit-déjeuner de style rustique, où je m'assieds pour regarder mes amis. J'ai beaucoup de chance.

J'ai rencontré Cayden dans l'armée et nous nous sommes tout de suite entendus. À tel point qu'il m'a demandé si je voulais intégrer Blackwell-Lyon Sécurité. Je travaillais dans la sécurité privée depuis des années, mais pour une grosse compagnie où je me sentais comme un simple rouage dans un système interminable d'heures facturées et de missions assommantes.

Cayden et Connor constituent la partie Lyon de Blackwell-Lyon, et Pierce Blackwell l'autre partie. Je ne connaissais pas bien Pierce avant de commencer à travailler, mais il est vite devenu l'un de mes bons amis, lui aussi. Ce soir, il est à Los Angeles avec sa femme, Jez, dont la sœur reçoit une récompense dans le milieu de la télévision. Je sais que ce n'est pas un Emmy, mais je n'en sais pas plus. En tout cas, Jez est folle de joie, alors moi aussi.

La plus survoltée à la perspective de la récompense de Del, c'est Kerrie, la petite sœur de Pierce et fiancée de Connor. Si elle n'était pas absorbée dans ses préparatifs de mariage – et dans le travail jusqu'au cou en tant que responsable administrative chez Blackwell-Lyon –, je suis certain qu'elle aurait essayé de se procurer une invitation. Contrairement à moi, elle connaît non seulement le nom de la cérémonie, mais elle sait aussi de quel film – ou série télévisée – il s'agit.

Alors que je regarde Kerrie, en jean moulant et en t-shirt, sa queue de cheval blonde rebondissant dans son dos, mon esprit dérive vers Sam. Elle n'est pas beaucoup plus âgée que Kerrie, et même si elle ne travaille pas à Hollywood, elle évolue dans le milieu du divertissement. Elle saurait sans doute le nom de la récompense que Del va recevoir.

Je fronce les sourcils. Pour la première fois, je me rends compte que je n'ai aucune idée de ce qui m'attend ce week-end. Sam était plutôt bavarde quand elle était petite, mais qu'avons-nous en commun aujourd'-hui ? En général, quand je sors avec une femme, j'ai une liste mentale de sujets neutres à évoquer pendant le dîner ou autour d'un cocktail. Ensuite, selon mon *modus operandi* habituel, je n'ai plus vraiment besoin de parler.

Pourtant, Sam et moi serons ensemble constamment pendant tout un week-end. Et ma liste mentale habituelle ne suffira pas.

J'interromps mes pensées en secouant la tête. Peu importe. Nous jouons un rôle. Sans script, peut-être, mais nous improviserons. Et s'il y a des blancs dans la conversation, je verserai dans la poésie en évoquant un merveilleux souvenir commun et purement fictif.

Tout ça, c'est bien joli. Ou du moins, ça le serait s'il ne s'agissait que d'une mise en scène. Mais ce n'est pas le cas. En fait, je suis...

— En manque de cul, dit Cayden.

Ses mots et l'hilarité générale me tirent de mes rêveries.

Tout le monde me regarde et je plisse les yeux en direction de Cayden.

— J'ai raté une blague ?

— Cayden fait le con, comme d'habitude, lance Kerrie d'un ton moqueur.

Cayden dévisage son frère.

— Tu dois contrôler ta copine.

Connor éclate de rire.

— Tu la connais depuis aussi longtemps que moi. Tu crois vraiment que c'est possible ? Et puis, ma copine a raison.

Il se tourne vers moi tandis que Cayden et Kerrie se remettent à ricaner.

— Je disais seulement que je croyais que tu voulais passer du temps chez toi. Quelques semaines pour rattraper tes travaux domestiques en retard et pour te reposer. Mais jouer les amoureux transis, ce n'est pas très reposant. D'autant plus que ce ne sera pas du genre Actors Studio. Honnêtement, je trouve ça très stressant.

— Arrête, intervient Gracie. Il rend service à un vieil ami.

— Tu vois ? En manque de cul, souffle Cayden.

— Gracie a raison, dis-je. Je rends un service à Brody, et à Sam. Je ne cherche aucune histoire avec Samantha Watson.

C'est la pure vérité. Ce que je ne dis pas, c'est qu'elle m'attire indéniablement, une réalité que je suis contraint d'accepter depuis que je l'ai revue hier.

— Tu en es sûr ? demande Kerrie.

Honnêtement, je ne sais même pas si elle plaisante.

— Connor et moi, nous avons fini par sortir ensemble après avoir fait semblant, justement.

Elle lui envoie un baiser avant d'ajouter :

— Faire semblant, ça peut faire monter la température.

— Je n'en reviens pas qu'elle dise ça, répond Connor. L'intimité, ça te dit quelque chose ?

— On est fiancés, chéri. Je crois qu'ils avaient compris.

— Quoi ? fait Cayden, pince-sans-rire, déclenchant des rires dans la cuisine.

Quand je lève la main, tout le monde se tait. Parce qu'il est temps de mettre un terme aux moqueries et aux spéculations. Pour eux, mais aussi pour moi.

— Primo. Samantha Watson est une vieille amie. Fin de l'histoire.

— Et alors ? s'exclame Cayden. Tu ne me feras pas croire qu'une histoire de cul entre amis ne t'intéresse pas.

— Secundo, continué-je sans prêter attention à lui, même si j'étais tenté de pimenter un peu cette amitié, je ne le ferais pas. C'est la petite sœur de mon meilleur ami, ce qui est une raison bien suffisante.

— Et si c'était elle qui amorçait quelque chose ? demande Cayden.

— Elle n'amorcera rien. Elle a seulement besoin

d'un service. Arrête de voir des intentions cachées là où il n'y en a pas.

Pourtant c'est un risque à envisager, et maintenant qu'il l'a évoqué, je n'arrive plus à chasser cette éventualité de ma tête. En formation militaire, on nous a appris à élaborer des scénarios. Mais je n'ai pas envie de le faire. Parce que je suis presque certain que tous les scénarios basés sur l'éventualité que Samantha se jette sur moi seraient interdits d'office aux moins de dix-huit ans.

— Désolé, me dit Cayden.

Pendant une seconde, je crois presque qu'il a lu dans mes pensées.

— Je te taquine. Comme tu l'as dit, c'est une mission comme une autre. Pas de quoi en faire toute une histoire.

— Exactement, confirmé-je péniblement. Pas de quoi en faire une histoire.

CHAPITRE QUATRE

SA PORTE d'entrée s'ouvre brusquement lorsque je me gare au bord du trottoir. Sam sort et me fait signe, avec un sourire si éclatant qu'on dirait presque qu'elle a compté les minutes depuis ma dernière visite.

Elle porte un t-shirt bleu ciel à col V qui accentue les courbes que j'ai déjà remarquées, ainsi qu'un short en jean révélant de longues jambes athlétiques. Si ses hanches et ses fesses ne remplissent pas tout à fait le short, elles sont harmonieuses, conformes à sa silhouette. Je ne peux m'empêcher de superposer au modèle actuel l'image de la jeune Sam maigrichonne et je ne peux nier que j'apprécie la femme qu'elle est devenue.

Elle n'est pas aussi pulpeuse que les femmes par lesquelles je suis généralement attiré, mais je me demande tout de même l'effet que me feraient ses jambes enroulées autour de moi. Aussitôt, je me reproche ces pensées inappropriées qui ne cessent de me venir à l'esprit au sujet de la sœur de Brody.

Elle retourne à l'intérieur, mais elle revient l'instant d'après, tirant sa valise sur le seuil avant de refermer la porte à clé.

Lorsqu'elle se tourne à nouveau vers moi, je suis sorti de la voiture et je presse le pas à sa rencontre sur le trottoir inégal.

— Laisse-moi faire, dis-je en prenant sa valise, que je fais rouler sur les trois marches en béton.

— Ça va, je peux m'en charger, proteste-t-elle depuis le porche, un énorme fourre-tout en cuir sur l'épaule.

— Je n'en doute pas, dis-je sans retirer ma main de la poignée. Mais ça me fait plaisir. À moins que tu ne veuilles pas ?

Elle hésite, puis elle me répond avec un petit sourire :

— Si, c'est gentil que tu me le proposes. Merci.

Je lui rends son sourire, puis je tire la valise jusque sur le trottoir. J'ai déjà ouvert le coffre à distance, mais j'abandonne le bagage un instant pour aller ouvrir la portière avant de revenir hisser la valise dans le coffre de ma Toyota Highlander.

En m'installant au volant, je remarque que son sac occupe presque tout le sol à ses pieds, devant son siège.

— Tu veux que je range ça derrière ?

— Non. C'est mon sac de friandises.

— Tu es sûre ? demandé-je en démarrant le moteur.

— Oui.

Puis elle demande en désignant la route :

— Prêt ?

En guise de réponse, je m'engage dans la rue tout en calculant le trajet le plus rapide vers Mo-Pac – l'une des artères nord-sud qui traversent Austin – puis sur l'entrelacs d'autoroutes jusqu'à Hill Country.

Tandis que je me fraye un chemin dans la circulation, elle se penche et sort un sachet de mini-Snickers suivi d'une cannette de Dr. Pepper, qu'elle glisse dans le porte-gobelet le plus proche de moi.

— Elle est encore fraîche, précise-t-elle.

Je ne peux m'empêcher de rire.

— Comment tu te souviens de ça ?

Elle hausse les épaules.

— Comment aurais-je pu oublier après le voyage à Winedale ?

— Bien vu.

L'été qui a suivi notre année de seconde, Brody et moi sommes allés au festival de Shakespeare à Winedale en compagnie de Tony Cox, un élève de terminale avec qui nous nous étions liés d'amitié pour deux raisons. Primo, il avait le permis de conduire. Secundo, ça ne le dérangeait pas que la petite sœur de Brody soit constamment dans nos pattes – ce qui arrivait souvent, puisque leurs deux parents voyageaient beaucoup pour le travail.

Nous avions suivi le même cours de théâtre, tous les trois, et notre prof nous avait suggéré d'aller voir un spectacle et de visiter le vieil atelier de Winedale, à mi-chemin entre Austin et Houston. En été, les étudiants du programme passent deux mois sur place, où ils vivent et respirent William Shakespeare.

Quand Tony, Brody et moi l'avons visité, le camp était déjà ouvert depuis des décennies, signe de son succès. Ça nous a beaucoup plu. Bien sûr, il faisait chaud comme dans un four, mais il en fallait plus pour nous décourager. Même Sam a apprécié. Nous pensions qu'elle s'ennuierait ferme, mais elle s'est passionnée pour *Roméo et Juliette*. Pendant le trajet de retour, nous avons partagé la banquette arrière et elle m'a interrogé sur le grand amour, inventant des fins alternatives où le héros et l'héroïne ne mouraient pas, mais vivaient heureux et avaient beaucoup d'enfants.

Au cours du trajet, à l'aller comme au retour, nous nous sommes souvent arrêtés pour grignoter, et contrairement à Tony, Sam et Brody dont les choix variaient constamment, je m'en suis tenu aux Snickers et au Dr. Pepper du début à la fin.

— J'espère que tu aimes toujours ça.

— J'adore, dis-je en toute honnêteté. Même si,

depuis que j'ai passé le cap des trente ans, j'ai freiné ma consommation.

À l'époque de l'armée, ma forme physique me permettait de manger absolument n'importe quoi. Maintenant, je suis toujours en excellente forme, mais c'est justement *parce que* je ne mange pas tout et n'importe quoi.

— Oh, c'est vrai. J'oubliais que tu étais vieux et décrépit.

Elle sort un Snickers du sachet et retire son emballage.

— Comme je suis encore jeune, en pleine vingtaine, je peux me faire plaisir.

Elle croque une moitié de barre sans me quitter des yeux, le regard taquin et aguicheur.

Laisse tomber. J'entends presque Brody me faire la morale. Mais elle a attiré mon attention, maintenant, et je rétorque :

— J'ai dit que je *freinais* ma consommation. Mais je t'avoue que je cherche la moindre excuse pour tricher.

— C'est exactement ce que je voulais entendre. Et pour info, sache que je suis une excellente complice de crime.

Même si la discussion est innocente et tourne autour des friandises, mon imagination s'emballe et je suis touché par son timbre de voix grave et séducteur.

Je prends mes rêves pour des réalités ou je me prépare au pire ?

J'aimerais me dire qu'il s'agit de la deuxième proposition.

J'aimerais aussi me convaincre d'allumer la radio. N'importe quoi pourvu que la tension électrique redescende dans cette voiture.

Mais je n'en fais rien.

Au contraire, quand elle me dit : « Ouvre », je m'exécute. Elle glisse l'autre moitié de son Snickers dans ma bouche. En cet instant, je sais que je ne verrai plus jamais la barre chocolatée de la même manière.

— C'est bon ?

— Délicieux.

Ma voix est plus rauque que d'habitude. La faute au caramel, me dis-je en m'efforçant de rester concentré sur la route.

— Tant mieux. Dis-moi quand tu en veux un autre.

Oh, bon sang.

Je prends une inspiration, puis je bois une gorgée de soda, content de tourner sur Lamar Boulevard pour découvrir une circulation dense. Au moins, la conduite m'occupera l'esprit.

L'ennui, c'est que c'est inefficace. Parce qu'en dépit des promesses que j'ai faites à mon meilleur ami, je ne peux nier que des fantasmes suaves et sensuels tournent en boucle dans ma tête. Des fantasmes dont je rejette la faute sur Cayden. Lui et sa question intrigante : *Et si c'était elle qui amorçait quelque chose ?*

Foutu Cayden et ses théories. Quand j'étais avec Brody, il y a deux jours, je n'avais que des pensées platoniques à l'égard de Sam. Maintenant, en revanche...

Maintenant, toute cette aventure s'annonce bien plus redoutable que je l'avais prévu.

— Je crois que tu devrais être acteur, dit-elle après avoir sorti sa propre collation : du Coca Light et un énorme sac de Popcornopolis.

Cette question me ramène à l'instant présent.

— Mais de quoi est-ce que tu parles ? Et puis, comment se fait-il que je ne voie pas de chocolat de ton côté de la voiture ?

— C'est ton péché mignon. Le mien, c'est le popcorn. Je pourrais me nourrir exclusivement de ça. Tu te rappelles qu'on allait au cinéma presque tous les week-ends ? Le samedi et le dimanche, et on restait souvent pour plusieurs films d'affilée.

Ce souvenir me fait rire. Brody et moi voulions nous asseoir ensemble pour échanger des commentaires – une habitude qui m'agace aujourd'hui, et pour laquelle je présente mes excuses à tous ceux qui ont eu le malheur d'être placés à côté de nous à l'époque. Comme Sam n'aimait pas les pop-corn de Brody, enduits de beurre et de fromage, elle s'asseyait près de moi, de l'autre côté, et nous partagions notre propre paquet.

— Tu vas toujours au cinéma ? demande-t-elle.

— Moins qu'avant. Mais c'est le cas de tout le monde, de nos jours, avec le streaming et la télé en HD.

— Moi, j'y vais. Il y a trop de pagaille quand on regarde un film chez soi. Et je ne parle pas des habits et du désordre qui traînent partout. La pagaille mentale. Alors qu'au cinéma, on n'est pas chez soi et on est dans le noir complet...

Elle hausse les épaules en ajoutant :

— On se perd pendant un moment et ça donne une toute nouvelle perspective.

J'y réfléchis, puis je hoche lentement la tête.

— Tu as peut-être raison.

— J'ai raison, insiste-t-elle. Si j'ai un problème, professionnel ou personnel, j'ai l'impression de toujours ressortir du ciné avec une solution.

La discussion se poursuit avec nos séries préférées en streaming, dont une série populaire en ce moment sur le thème des voyages dans le temps. Bien sûr, ça nous entraîne dans une toute nouvelle direction, et quand nous arrivons à Johnson City et empruntons la route de Fredericksburg, nous avons passé plus d'une heure à parler de vidéos, de machines à remonter le temps et de ce que nous ferions si nous croisions nos doubles à une autre époque.

— Il faut absolument garder ses distances, dis-je,

en fan absolu de *Retour vers le futur*. Il ne faut pas risquer de tout embrouiller.

— Non, non. Si tu fais ça, tu perds une formidable occasion de t'asseoir avec toi-même et de t'expliquer les choses. Franchement, ce ne serait pas génial ? Pouvoir échanger avec ton moi d'avant et t'éviter les pires erreurs ?

— Par exemple ?

— Cette affreuse permanente que je me suis faite en première serait en haut de la liste. Avec Reginald Thorne, bien sûr.

— Le Reg de ce week-end ? Il s'appelle comme ça ? Thorne ?

— Lui-même.

Elle change de position sur son siège et plonge la main dans son sac de pop-corn.

— Pourquoi ? Tu le connais ?

— Non. Je pense à son nom. Ce n'est pas le diable, si ?

Quand elle sourit, je sais qu'elle a saisi la référence au film *La Malédiction*.

— Eh bien, pour *moi*, si. Mais je doute qu'il cause la fin du monde. Il n'a pas assez de pouvoirs pour ça.

— Content de l'apprendre. Je ne suis pas certain d'être en mesure de rendre le diable jaloux.

— Bien sûr que si.

Cette fois, la sensualité dans sa voix est évidente, et

la bouffée d'agréable chaleur que je ressens après cette conversation fluide et ininterrompue menace de dévier vers quelque chose de plus brûlant… et dangereux.

Je lui décoche un regard en coin, mais elle sourit d'un air innocent.

— Je suis bien obligée de le penser. N'oublie pas, tu es mon fiancé bien-aimé.

— C'est vrai.

J'espère qu'elle ne sent pas ma déception. Évidemment qu'elle jouait un rôle. Bon sang, mais qu'est-ce qui ne va pas chez moi, au point de croire qu'elle foncerait tout droit dans la zone interdite ?

Cayden. Voilà ce qui ne va pas. Pourquoi est-il allé me mettre de telles idées dans la tête ? Et surtout, pourquoi a-t-il ramené sur le devant de la scène des idées que j'essayais de chasser ?

— Là, dit-elle.

Il me faut une seconde pour me rendre compte qu'elle désigne la bifurcation.

— Tu en es sûre ? On est encore à une quinzaine de kilomètres de Fredericksburg.

— J'en suis sûre. *Tourne.*

C'est ce que je fais, exécutant un virage si serré qu'elle se penche vers moi et pose une main sur ma cuisse pour ne pas perdre l'équilibre. Je m'efforce de ne pas me dire que ce serait bien plus logique qu'elle prenne appui sur la console centrale entre nous.

Elle reste ainsi jusqu'à ce que nous soyons engagés

sur la bonne voie. Puis elle pose lentement la main sur ses genoux. Nom de Dieu ! Non seulement son contact me manque aussitôt, mais je me reproche de ne pas avoir posé ma main sur la sienne pour la maintenir en place.

Après tout, nous sommes presque arrivés. Il est peut-être temps de se mettre dans la peau du personnage.

Je devrais le lui faire remarquer. Pourtant, quand j'ouvre la bouche, c'est pour dire :

— Alors, où allons-nous exactement ?

— Ça s'appelle l'*Auberge Lavande*, ça se trouve à l'écart de la ville.

Elle a ouvert le plan sur son téléphone et elle zoome avec deux doigts.

— Nous sommes sur le bon chemin, mais on aurait pu traverser Fredericksburg et tourner après la ville. Cela dit, inutile de revenir en arrière. C'est plus rapide par là.

J'ai presque envie de lui proposer d'emprunter la route la plus longue pour pouvoir admirer la grand-rue de Fredericksburg. Bien sûr, c'est une excuse. J'apprécie trop le voyage et je ne veux pas que ça se termine. Mais ce serait égoïste. C'est le mariage de sa meilleure amie et je sais qu'elle est impatiente d'arriver à l'hôtel et de voir la mariée.

Après une quinzaine de minutes à travers les vignobles et les champs de fleurs sauvages, nous arrivons à l'hôtel. De la rue, on n'aperçoit que le muret de pierre et le portail en fer ouvert sur une allée privée. Nous nous y engageons, et en haut d'une butte, le domaine nous apparaît enfin.

Un manoir victorien bleu ciel se dresse au centre, à l'entrée, avec un parking de gravier et de belles platebandes.

— C'est le bâtiment principal, explique Sam.

Elle a sorti une brochure de son fourre-tout et compare les photos à la vue, sous nos yeux.

— C'est là que se trouve notre chambre. Nous sommes dans la suite Luckenbach. Et tu vois, là-bas ? fait-elle en désignant plusieurs bâtiments de taille plus modeste. La remise à calèches rénovée, c'est la suite nuptiale. Et la rangée d'écuries de l'autre côté de la piscine ? Ça aussi, ce sont des chambres rénovées.

— Et le reste ?

— Je ne sais pas trop. Des salles de conférence, peut-être ? Je crois qu'il y a une salle de sport et un spa. C'est très joli, tu ne trouves pas ?

— Très. Merci de m'offrir cette escapade gratuite et inattendue.

— Eh bien, ce n'est pas tout à fait gratuit. Tu as une mission.

— Jouer le fiancé fou amoureux ? Ce n'est pas une mission. C'est un avantage.

Je n'avais pas l'intention de dire ça, et je m'apprête

à revenir sur mes propos, mais avant que j'en aie l'occasion, elle sourit. Puis elle dit d'une voix très douce :

— Je suis très contente de l'entendre.

C'est l'un de ces moments où l'on ne sait pas vraiment comment réagir. Où rien ne semble convenir et
où le temps qui passe vous paraît surréaliste. Puis quelqu'un klaxonne derrière moi, le monde revient à la
normale avec fracas et je prends conscience que je suis
toujours à l'arrêt au sommet de la butte.

J'agite la main pour présenter mes excuses, puis je
m'avance lentement vers le bâtiment principal en
prenant soin d'éviter les canards qui s'approchent en
se dandinant au sortir de la mare, sur notre droite.

Alors que j'arrive sur le parking, nous apercevons
trois femmes en grande conversation sous le porche
qui court tout autour de la maison.

— C'est Cherry, dit Sam en désignant la blonde
bouclée au milieu.

Je coupe le moteur.

— Tu ne savais vraiment pas que Thorne était son
cousin ?

— C'est si difficile à croire ? fait-elle en haussant les
épaules. Je ne sais pas qui sont tes cousins, par
exemple.

— Mais on ne sort pas ensemble.

— C'est vrai, dit-elle avant de se racler la gorge en
jetant un œil vers Cherry. Bien vu. Sauf que tu es fou

d'amour pour moi. Pour le moment, ajoute-t-elle en m'adressant un sourire désinvolte.

— Oui, c'est pour ça que je vais décharger les bagages et te laisser aller saluer ton amie.

— J'ai le meilleur faux fiancé du monde.

Elle se penche vers moi, pose un baiser sur ma joue et sort de la voiture si rapidement que j'ai à peine le temps de prendre conscience de la chaleur qui s'attarde sur ma joue.

Avantage du métier, à d'autres. Ce sera une vraie torture.

Mais quand je la vois rire et étreindre son amie, j'ai la certitude que c'est une torture que j'endurerai avec joie. Sam devrait profiter de la journée spéciale de son amie, et si je n'étais pas là comme tampon entre elle et son ex, je sais qu'elle serait sur les nerfs.

J'ai sorti son sac et je tends le bras vers le mien quand j'entends des bruits de pas. Je lève les yeux pour découvrir un homme en jean noir et polo blanc immaculé au monogramme de l'*Auberge Lavande*, avec une barbe blonde de quelques jours. On dirait un mannequin au chômage et je me figure qu'il travaille ici en attendant un coup de fil d'Hollywood.

— Je vais vous aider, dit-il.

— Merci. La réception, c'est par là ? demandé-je en désignant ce que j'identifie comme l'entrée principale.

— Oui.

— Formidable. Si vous vous chargez des bagages, je vous retrouve à la réception.

Je sors un billet de dix dollars de mon portefeuille et je le lui tends, mais il secoue la tête en riant.

— C'est ce qui arrive quand on est serviable. Je ne suis pas le portier. Je vous ai vu arriver avec Sam.

Il me tend la main, charmeur et tout sourire.

— Je suis Reg.

CHAPITRE CINQ

JE DARDE les yeux vers sam. Son regard ahuri résume exactement ce que je ressens.

— Désolé, dit Thorne qui semble percevoir notre communication non verbale. Je ne voulais pas que nous partions du mauvais pied.

— Non, ce n'est rien. J'ai été induit en erreur, dis-je en désignant le monogramme. Le polo.

— Oh, zut, fait-il en effleurant les mots cousus sur le tissu. Je n'y avais même pas pensé. Désolé.

— Ce n'est rien.

— Vous en aurez un aussi, dans votre chambre. Quoi qu'il en soit, c'est un plaisir de vous rencontrer. Je vous laisse arriver. Dites à Sam que je passerai la saluer plus tard.

— Je le ferai, lui assuré-je, me réjouissant en silence qu'il décide de reporter les salutations, d'autant plus que Sam n'a pas fait le moindre pas dans sa direction.

Il me gratifie d'une tape sur l'épaule avant de s'éloigner. Dès l'instant où il disparaît à l'angle du bâtiment, Sam se précipite vers moi.

— Je suis vraiment désolée, dit-elle en se baissant pour ramasser sa valise.

Je l'interromps en saisissant la poignée.

— Je m'en charge. Je te l'ai dit.

Elle fait la grimace.

— C'était avant. Maintenant, j'ai envie de franchir le porche et de rejoindre la chambre le plus tôt possible. Puis je veux que tu me répètes mot pour mot ce qu'il a dit.

J'étouffe un élan absurde de jalousie et je soulève les deux bagages en dépit de ses protestations, ouvrant la voie jusqu'à l'auberge. Nous avons à peine atteint le porche qu'un adolescent basané vêtu du même polo – avec le prénom *Matt* brodé au-dessus du logo – se présente comme responsable des invités. Il prend nos noms et nous annonce que nous sommes déjà enregistrés. Puis il nous remet les clés de la suite Luckenbach, et après nous avoir assuré qu'un portier nous suit avec nos bagages, il nous conduit jusqu'à la chambre.

Elle est facile à trouver. Le bâtiment comporte deux étages, avec quatre suites au rez-de-chaussée, ainsi qu'un salon, une cuisine et une salle à manger. Deux autres suites se trouvent au premier, et le troisième étage est agencé en salle de jeux.

Puisque nous logeons au rez-de-chaussée, nous écoutons plus que nous ne voyons Matt nous décrire les autres étages.

— Je peux vous faire visiter le domaine, nous dit-il.

Mais je lui réponds que nous l'explorerons tout seuls. J'ai envie de voir la chambre. Et je tiens à prendre un petit moment pour entrer dans mon rôle.

Quant à Sam, je vois bien qu'elle a envie de discuter.

En jeune homme affable, Matt nous fait entrer dans notre suite. Aussitôt, je m'arrête net, stupéfait, tandis que Sam étouffe un cri.

— Waouh, murmure-t-elle.

Matt est radieux, aussi heureux que s'il était lui-même le concepteur et le décorateur des lieux.

La suite est immense et nous venons de pénétrer dans un salon à l'ameublement antique. Matt ouvre les rideaux pour laisser entrer la lumière, révélant une porte-fenêtre au-delà de laquelle j'aperçois un petit jardin.

— Votre entrée privée, nous dit-il. Il y a un portillon dans le jardin, sur le mur de gauche, qui donne sur la piscine. Ainsi, vous pouvez passer par là sans entrer dans le bâtiment.

Nous jetons un œil au jardin fleuri avant de nous approcher de la piscine aux eaux scintillantes. Je regrette de ne pas avoir apporté de short de bain. Cela dit, je pourrai me prélasser avec une bière ou une Margarita, au bord de la piscine. Surtout si cette activité me permet de reluquer Sam.

Quand nous retournons à l'intérieur, Matt nous montre la kitchenette.

— Il n'y a que du café et un mini-réfrigérateur avec de l'eau, du jus de fruits et du vin, ce genre de choses. Mais vous avez un accès illimité à la cuisine principale et, bien sûr, nous servons le petit-déjeuner et le dîner, ainsi qu'un déjeuner léger et des collations.

Il nous montre ensuite la salle de bains, à laquelle on accède par le salon. Elle est équipée d'une douche avec jets muraux, vapeur et pommeau pluie. Une grande baignoire sur pieds, assez large pour accueillir deux personnes, occupe le centre de la pièce. Je me demande si nous l'essaierons, avant de remettre aussitôt sur le droit chemin mon esprit égaré.

Nous sortons par l'autre porte, donnant directement sur la chambre. Le lit est double, entouré de tentures de style royal, avec un couvre-lit moelleux et des oreillers en soie dans divers tons de rouge. Il y a aussi deux polos offerts en cadeau, avec le logo du domaine monogrammé.

Toute la pièce exsude la décadence et la sensualité, et je décide sur-le-champ qu'il vaut mieux éviter le regard de Sam. Ce sera déjà bien assez gênant de partager un lit double avec elle. Je m'attendais à un lit king-size. Et un canapé-lit. Ou même un sofa.

Or, bien que l'ameublement soit magnifique, il est antique. Ce qui signifie qu'il n'a pas été conçu pour que l'on y dorme.

Par conséquent, nous partagerons un lit.

C'est à la fois un avantage... et une situation potentiellement risquée.

— Eh bien, dit Matt avec son sourire parfaitement professionnel. Je crois que c'est tout. L'auberge est complète pour la fête, votre groupe est le seul maître des lieux. Il y a le programme du week-end sur le bureau dans le salon. J'imagine que vos valises attendent déjà dans le couloir. Je vous les rentre en sortant. Je vous souhaite un excellent séjour.

Je lui remets le pourboire que j'avais l'intention de donner à Reg, puis Sam et moi attendons que la porte se referme derrière lui. Je me tourne alors vers elle en poussant un sifflement admiratif.

— Je ne sais pas pour toi, mais moi, je suis un peu intimidé.

J'ai voyagé partout dans le monde, mais la plupart de mes déplacements avaient lieu dans le cadre de l'armée. Je n'ai pas honte de dire que je n'ai jamais séjourné dans un palace aussi luxueux.

Heureusement, Sam éclate de rire.

— Tu l'as dit !

— Nous avons l'obligation d'en profiter.

Elle redresse le menton et me regarde droit dans les yeux.

— Je suis à cent pour cent d'accord avec toi.

Il n'y pas le moindre sous-entendu dans ces paroles, mais une fois de plus, elles font écho en moi tel un assaut voluptueux.

Sam recule d'un pas, puis s'avance dans le salon. Je la suis jusqu'aux bagages.

— Je vous ai vus discuter, me dit-elle en faisant rouler négligemment sa valise en direction de la chambre.

Il est évident qu'elle fait référence à Thorne, pas à Matt, et je ressens aussitôt une jalousie indésirable.

— J'ai cru qu'il travaillait ici. À cause du polo.

Elle hoche la tête comme si elle admettait la cohérence de mon erreur.

— Alors, vous n'avez parlé de rien d'autre ?

— Il a dit qu'il te saluerait plus tard. Et je n'ai rien ressenti de malveillant. Honnêtement, il a l'air plutôt sympa.

Je comprends qu'elle soit furieuse d'avoir été larguée pour une autre femme, mais ils n'étaient peut-être pas faits l'un pour l'autre, tout simplement.

Elle croise les bras et penche la tête.

— Je n'avais pas réalisé que tu me prenais pour une idiote superficielle.

D'accord. Ce n'était pas la réaction à laquelle je m'attendais.

— Euh, pardon, mais qu'est-ce que j'ai fait ?

— Tu crois vraiment que je sortirais avec un parfait abruti uniquement parce qu'il est beau gosse ? Évidemment qu'il a l'air sympa. C'est comme ça que les démons te séduisent.

Je le reconnais, et j'avoue que je me demande si Reg me donnera un aperçu de sa nature démoniaque au cours du week-end. Pour être honnête, j'aimerais mieux ne pas revoir ce type, mais étant donné que toute cette mise en scène est pour lui, c'est très improbable.

— Comment va Cherry ? demandé-je, impatient de clore le sujet de son ex.

— Elle est nerveuse, excitée. Mais Peach et Daisy l'aident à garder son calme, apparemment.

Elle soulève sa valise rigide sur le lit et l'ouvre.

— Peach et Daisy ? demandé-je en m'asseyant sur le couvre-lit pour la regarder sortir des robes d'été, des shorts et, aussi, des sous-vêtements en dentelle.

Ce que je ne la vois pas déballer, en revanche, c'est une nuisette ou un quelconque pyjama. Bien sûr, cette observation embrase mon imagination.

— Ce sont ses sœurs.

Ce qu'elle vient de dire n'a aucun rapport avec le film qui se déroule dans ma tête.

— Quoi ? Qui ?

— Peach et Daisy.

Elle s'interrompt à mi-chemin de la commode, avec à la main des petites culottes aguicheuses.

— Tu m'as demandé qui étaient les filles avec Cherry.

— C'est vrai. Excuse-moi. Je rêvassais.

Je suis incapable d'interpréter son petit jeu de sourcils, mais elle continue comme s'il n'y avait rien de gênant avec sa lingerie ou mes pensées inappropriées.

— Évite d'évoquer leurs prénoms. Maintenant, elles les ont acceptés, mais petites, elles n'arrêtaient pas de se plaindre de leurs parents.

— Tu as rencontré le marié ?

— Pas encore. Je t'ai dit qu'on était meilleures copines, mais depuis la fac on n'habite plus au même endroit. On garde le contact et on se parle souvent, et pendant des années, on partait au moins une fois en vacances ensemble.

Elle fronce les sourcils.

— Je crois que ça va changer maintenant, pas vrai ?

— Jalouse ?

— Qu'elle se marie ? Bien sûr que non. Je ne suis pas prête à me caser. Enfin, c'est vrai, je ne sais toujours pas ce que je veux faire quand je serai plus grande.

Je pensais qu'elle était passionnée pour le monde des jeux vidéo. Ça m'étonne, mais avant que je puisse l'interroger, elle reprend :

— Je crois que ça m'ennuie qu'il accapare le temps de Cherry.

Elle hausse une épaule et conclut avec philosophie :

— Mais c'est la vie.

— Oui, tu as raison. J'ai ressenti la même chose quand Brody et Karen se sont mis ensemble.

— Moi aussi.

— Mais sur le long terme, ça n'a pas vraiment changé notre amitié.

— Non, vous êtes toujours incroyablement proches, tous les deux. Comme moi et mon frangin.

Elle soupire avant de secouer la tête.

— Je n'en reviens toujours pas que Karen ne soit plus là. C'était comme une sœur. Et Brody, mon Dieu, il était tellement anéanti. Je ne savais pas quoi faire pour lui.

— Moi non plus. Il va mieux.

— Bien mieux, dit-elle. Je crois qu'il sera bientôt prêt à faire de nouvelles rencontres. Je l'espère. Il a peur de ne jamais retrouver le grand amour, je pense, mais ce n'est pas vrai.

Je me penche en avant, le coude sur le genou, et je la dévisage.

— Ah bon ?

— Je crois que mon frère fait partie de ces gens qui ont un très grand cœur. Il a de la place pour un autre amour sans rejeter Karen pour autant.

— C'est beau.

Je suis sincèrement ému par ce qu'elle dit et j'espère qu'elle a raison. Personnellement, je n'ai jamais vraiment envisagé de me caser, mais Brody me semble incomplet sans Karen, et l'idée qu'une autre femme puisse le combler à nouveau me redonne espoir.

— Oui.

Elle sort sa trousse de toilette, dernier élément de sa valise, et se dirige vers la salle de bains.

— J'aimerais être autant amoureuse un jour.

Sa voix mélancolique me parvient.

— Mais il faut que ce soit réciproque. Et parfois, je me dis que ce n'est pas facile d'être la sœur de Brody. Avec lui, ça paraît si simple.

Elle me semble malheureuse et je me demande si elle pense à Reg et à l'effondrement brutal de leur relation.

Je me lève et rejoins la porte ouverte de la salle de bains. Elle arrange ses flacons, tubes et peignes, une mèche brune devant l'œil. Elle lève la tête vers mon reflet, mais elle ne dit rien.

— Je crois qu'on commence à casser l'ambiance, dis-je avec tendresse. Et la journée est trop belle pour ça. Je vais défaire mes bagages et je te propose d'aller explorer le coin.

Elle n'hésite qu'une seconde avant de hocher la tête.

— Formidable.

Pendant que je range mes propres affaires, elle consulte le programme du week-end.

— Alors, ça commence officiellement à dix-neuf heures, et ensuite, il y a des activités presque en continu jusqu'à la cérémonie, dimanche au coucher du soleil.

— Ça nous laisse environ quatre heures de libres. Ça fait des années que je ne suis pas allé à Fredericksburg. Ça te dit de faire un tour en ville ?

— Une ville célèbre pour ses caves à vin ? Oui, ça me dit ! Crois-le ou non, je n'y suis encore jamais allée. Ma vie avant Seattle était presque exclusivement concentrée à Dallas.

Comme aucun de nous ne sait par où commencer, nous rejoignons la réception de l'hôtel.

Reg est là, à l'accueil, à feuilleter une brochure. Il se tourne vers nous, et Samanta se plaque contre mon flanc. Aussitôt, je rentre dans mon rôle et je passe un bras peut-être un peu trop fervent autour de sa taille.

— Samantha, tu es magnifique comme toujours.

— Reg.

Un silence gênant s'installe, heureusement interrompu par la femme de l'accueil, qui nous demande en quoi elle peut nous être utile.

Je m'approche du bureau, laissant glisser mon bras pour me contenter de tenir la main de Sam. J'explique à l'employée que nous aimerions nous rendre en ville et visiter quelques domaines viticoles.

— Bien sûr, m'assure-t-elle avant de sortir une carte et un stylo rouge. Les vignobles locaux sont dispersés dans toute la région, mais il y a de nombreuses salles de dégustation en ville, ou dans les pubs et les restaurants.

— Je me suis autorisé une petite promenade ce matin avant de déballer mes affaires, dit Reg. C'est une ville charmante.

— Tu t'autorises beaucoup de choses, souffle Sam derrière moi.

Je fronce les sourcils sans comprendre ce qu'elle veut dire, puis je m'efforce de ne pas me crisper lorsqu'elle se presse dans mon dos et passe les bras autour de ma taille. Je sens sa poitrine souple et la pression de son corps contre mes fesses.

— Ah oui, dis-je en réponse à la suggestion de la femme tandis qu'elle surligne les lieux qu'elle nous conseille. Ça va nous aider.

— Léo et moi, on comptait déballer nos affaires aussi, mais on s'est laissé distraire.

Elle glousse, ce qui ne lui ressemble absolument pas, et je manque de perdre les pédales quand elle se dresse sur la pointe des pieds, frottant langoureuse-ment son corps contre moi. Sa langue glisse sur mon lobe d'oreille, propageant une chaleur brûlante à travers moi.

— On finit toujours par se laisser distraire, susurre-t-elle.

Sa voix suggère presque que nous allons nous laisser distraire ici et maintenant.

— C'est ta faute, ma chérie, dis-je avec une intonation affectueuse que je réserve généralement à la chambre à coucher. Tu es bien trop distrayante.

Tandis que Sam semble se fondre contre moi, je renvoie à la réceptionniste son sourire attendri – elle doit voir défiler beaucoup de couples démonstratifs –, puis je me tourne vers Reg.

Je module délibérément mon expression, passant de la rêverie à une politesse conventionnelle.

— Désolé. Nos amis nous reprochent souvent nos marques d'affection en public. Mais c'est plus fort que nous.

Un muscle tressaute dans sa joue.

— C'est que vous êtes encore dans la phase de la nouveauté. C'est bien compréhensible. Je suis sûr que vous ne tarderez pas à redescendre sur terre.

J'esquisse un petit sourire. Cet homme est peut-être bien un démon, tout compte fait. Ou du moins, un vrai con.

— Je ne dirais pas que c'est nouveau, qu'en penses-tu, bébé ?

C'est un risque, parce que j'ignore complètement à quand remonte leur rupture. Mais comme il est fiancé maintenant, ça doit faire un certain temps.

— Non, ce n'est plus une nouveauté.

Elle me regarde droit dans les yeux. Je pourrais me noyer dans ces abysses chocolatés.

— Quatre mois. C'est fou, on dirait que c'était hier.

— Quatre...

Reg s'interrompt et ouvre les mains, un sourire en plastique placardé sur son beau visage. C'est à ce moment que je comprends depuis combien de temps ils sont séparés. Pile quatre mois.

— C'est merveilleux, dit-il d'une voix atone. J'espère qu'elle ne vous a pas trop ennuyé en vous parlant de moi. Nous nous sommes séparés en amis, mais ces choses-là font mal, forcément.

— Oh.

Je fronce volontairement les sourcils.

— C'est très gentil à vous de vous inquiéter pour elle, et pour nous. Mais tout va bien. Elle n'a même pas mentionné votre nom avant que Cherry nous invite au mariage. Et je vous assure, ajouté-je sur un ton que j'espère viril et conspirateur, que je travaille dur pour faire en sorte qu'elle n'ait ni le temps ni l'envie de penser à mon prédécesseur.

Je sens presque Samantha vibrer d'amusement lorsque le visage de Reg prend une intéressante teinte violacée.

— Eh bien, fait-il enfin. Je suis content pour vous.

— Oui, dis-je en passant le pouce sur ses lèvres, alors qu'elle émet un soupir de contentement. Nous aussi.

CHAPITRE SIX

— Je revois encore sa tête, dit Sam en me prenant le bras, tandis que nous entrons dans notre troisième salle de dégustation d'un pas que l'on pourrait décrire comme titubant.

Heureusement, nous n'avons pas parlé que de Reg pendant notre excursion dans la grand-rue pittoresque. Nous avons discuté de nombreux sujets inspirés par Fredericksburg, notamment le vin, les fleurs des champs, l'artisanat, la mode féminine, le cuir, la musique country, l'architecture et même les carrières dans la marine grâce au musée de la Guerre dans le Pacifique.

À présent, nous nous dirigeons vers un bar local qui distille son propre whisky. Ce n'est peut-être pas la meilleure idée après deux dégustations de trois cépages chacune, mais nous avons la ferme intention de découvrir la ville pendant quelques heures avant le début des festivités.

— Quatre mois, reprend-elle avant de glousser quand je précise qu'on dirait que c'était hier.

L'histoire avec Thorne nous est revenue lorsque le sommelier de notre dernière escale nous a demandé depuis combien de temps nous étions ensemble. Sam a écarquillé les yeux, mais je suis fier de moi, parce que j'ai réussi à retrouver cette information au fin fond de la chambre forte où je l'avais laissé tomber. Quand j'ai vu le sourire de Samantha, je m'en suis félicité.

— Merci, a-t-elle dit alors que nous goûtions aux différents cépages.

— Pourquoi ?

— Parce que tu restes dans ton personnage même s'il n'y a personne qui compte.

— Toi, tu comptes.

Ces mots m'ont échappé, sincères, mais sans doute imprudents. Surtout quand on sait à quel point je les pensais. Et je ne peux *pas* penser cela. Pas maintenant. Parce que Samantha me plaît de plus en plus. Et je ne sais pas quoi penser de cela.

— Je parle de ta mission, ai-je dit pour me rattraper. Je suis à fond dedans, alors je dois rester dans le personnage en permanence.

— Parfait, a-t-elle répondu, la voix affaiblie par l'alcool. J'y compte bien.

Elle a hoché la tête comme si nous venions de

passer un accord, mais avant que je puisse insister, elle a orienté la conversation vers Cherry en demandant s'il était opportun de lui acheter un cadeau de remerciement.

— J'ai apporté un cadeau de mariage, mais c'est la première fois que les festivités durent tout un week-end et que l'hôtel m'est offert.

Comme ce n'était pas mon rayon, je l'ai écoutée – avec ravissement – réfléchir à la question à haute voix, optant finalement pour un cadeau en tant que meilleure amie complètement distinct de son cadeau de mariage.

C'est ce que nous sommes en train de faire en ce moment. Nous cherchons un cadeau sympa et drôle – pour reprendre les mots de Sam – tout en rejoignant le bar à whisky.

— Holà ! dis-je en apercevant l'enseigne du *Fût de Chêne*, notre destination.

Elle s'avance, mais je la tire en arrière et elle se retourne en virevoltant dans mes bras. Je la penche en riant, pour le plus grand plaisir d'un couple de passants qui prennent le temps de nous applaudir.

— On est trop bourrés, murmure-t-elle après que nous avons salué notre public pour entrer dans le bar.

— Non, précisé-je. Ça fait partie du plan. Nous devons être à l'aise l'un avec l'autre.

Elle m'entraîne à l'écart de la porte et passe les bras autour de mon cou. Son corps est chaud, et ce n'est pas uniquement grâce à l'atmosphère printanière. Ses lèvres, soulignées par un baume à la fraise qu'elle a acheté dans une charmante boutique dans la dernière rue, brillent comme une invitation.

— J'ai toujours été à l'aise avec toi, Leonardo Vincent Palmero. C'est nouveau pour toi ?

Sa voix est si douce que je parviens presque à me convaincre que je l'ai imaginée. Mais je sais que ce n'est pas le cas et mon souffle reste suspendu dans ma gorge alors que j'essaie courageusement de résister à la tentation. Parce qu'en cet instant, je ne désire rien de plus au monde que de la goûter.

— Une table pour deux ?

La voix chaleureuse et guillerette me ramène à la réalité. Sam aussi, je comprends, quand elle recule d'un pas, les joues empourprées.

— Non, souffle-t-elle. Non, nous ne pouvons pas rester. Nous… euh, nous sommes venus acheter une bouteille de whisky. Il paraît qu'il est excellent et comme il s'agit d'un cadeau…

— Aucun problème, répond la serveuse, insouciante. Nous avons un très bon gin, aussi, et vous obtenez une réduction si vous en achetez deux.

— Très bien, parfait. Formidable.

— Excellent, je reviens tout de suite. Retrouvez-moi à la caisse.

Tandis que la fille retourne à l'arrière, je penche la

tête d'un air interrogateur, mais Sam se contente de hausser les épaules.

— Il se fait tard et je dois prendre une douche avant le cocktail de ce soir. Et puis, tu sais, comme nous passerons la soirée à boire en l'honneur du couple, il vaut mieux lever le pied.

Je hoche la tête pour marquer mon approbation. En réalité, j'aimerais lui répondre que nous avons encore besoin d'autres verres, parce que je n'ai pas le droit d'avoir cette femme, et ça me donne envie de m'engourdir. Au lieu de quoi, je dis :

— Oui, bien sûr. Honnêtement, je crois que j'irai me promener pendant que tu prendras ta douche. Histoire de m'aérer la tête après tout cet alcool.

— Excellente idée.

En effet, c'est une excellente idée, parce que j'ai beau mourir d'envie de boire jusqu'à l'hébétude, ce serait voué à l'échec. L'alcool désinhibe, et en ce moment, je dois conserver un certain contrôle. Ce n'est pas facile, étant donné que c'est Sam que j'ai envie de contrôler.

Honnêtement, qu'est-ce que j'ai dans la tête ? Pas Brody, c'est certain. Pire encore, Sam a beau me tenter – et elle me tente beaucoup –, je ne veux pas d'une aventure d'un soir avec une personne aussi importante à mes yeux.

Bon sang, je ne cherche absolument aucune aventure. Pas avec elle, pas avec qui que ce soit. Ce n'est pas seulement une phase, j'en ai la conviction. Je n'ai pas pris le temps d'y réfléchir, mais passer de lit en lit sans véritable connexion, j'ai déjà donné. Pire encore, ça m'ennuie. C'est vide de sens.

Mais il n'y a rien d'ennuyeux ni vide de sens chez Samantha.

Et elle mérite infiniment mieux que le peu que j'ai à lui offrir.

Ainsi, ce qui est censé être un week-end agréable et détendu, à jouer un rôle avec la fille que j'ai taquinée toute mon enfance, s'avère plus compliqué que prévu.

Bon Dieu, j'ai envie de cette femme.

Et c'est exactement ce que je ne peux pas avoir.

CHAPITRE SEPT

LE DOMAINE EST IMMENSE, mais j'ai l'intention d'en parcourir chaque centimètre carré au cours des soixante prochaines minutes. J'ai deux bouteilles d'eau avec moi et j'avale de longues gorgées en espérant que l'eau et le mouvement purgeront l'alcool de mon organisme, sans mentionner les effets que Samantha a produits sur mon corps trop crispé.

J'aperçois Reg en partant. Il se trouve dans l'une des écuries rénovées en appartements, dont l'entrée donne sur la piscine. Sa porte est nettement visible depuis le portail de notre jardin et c'est là qu'il se tient au moment où je laisse Samantha profiter en paix de sa douche. Quoique, pour être honnête, mes motivations ne sont pas franchement altruistes. L'idée d'être seul dans la chambre pendant qu'elle est nue et enduite de savon met mon corps dans tous ses états.

Je salue Reg d'un hochement de tête. Pendant un moment désagréable, je crains qu'il n'essaie d'entamer la conversation avec moi. Mais j'ajuste mes écouteurs en faisant mine de ne pas avoir vu son geste de la main et je m'éloigne. Quand je jette un œil derrière moi, un peu plus tard, il a disparu.

Je n'éprouve aucune culpabilité. Après tout, je n'aime pas ce type. Et surtout, mon rôle est de jouer les faire-valoir pour Samantha. C'est un rôle que je joue mieux en sa compagnie.

Je m'empresse de chasser Reg de mes pensées, mais malgré mes bonnes intentions, Sam s'attarde dans ma tête pendant toute la durée de ma promenade. Je pense à elle en saluant Cherry, me demandant dans quelle mesure leur amitié changera et si Samantha se mariera un jour. L'heureux élu aurait beaucoup de chance, c'est certain, et je dois me persuader que le nœud qui me comprime le ventre n'a rien à voir avec la jalousie. Absolument pas.

Je l'imagine sur la pelouse, avec la longue table en pierre et les guirlandes lumineuses dans les arbres. Le soleil n'est pas encore couché, mais le cocktail commence au crépuscule et les lieux seront magiques. Samantha mérite toute la magie du monde.

Je l'imagine une fois de plus en passant près de la piscine, son corps soyeux fendant l'eau, ses longs cheveux formant des mèches mouillées lorsqu'elle ressort, les tétons durs sous un fin bikini blanc.

Enfin, je ne peux m'empêcher de penser à elle en franchissant le portillon de notre jardin privé. Elle doit être sortie de la douche maintenant et j'ai aperçu une robe de soirée rouge séduisante lorsqu'elle a vidé sa valise. J'espère qu'elle la portera ce soir. La tenue fera ressortir les reflets auburn de sa chevelure brune.

Comme les rideaux sont tirés, je tourne la poignée sans un bruit, au cas où elle ferait la sieste. Ce n'est pas fermé à clé et je la tire tout doucement avant de frôler le rideau.

Le salon est désert et je me rends dans la chambre. En franchissant le seuil, je m'arrête net.

Debout devant la commode, elle me tourne le dos, enroulée dans une serviette. Il y a un miroir au-dessus de la commode, mais je sais déjà qu'elle ne peut pas y voir le reflet de la porte à cause de l'angle du mur.

Je devrais tousser. Parler. Faire quelque chose. Mais je n'en fais rien. Je reste là tandis qu'elle ouvre le tiroir supérieur et en sort un petit quelque chose rouge et délicat – une culotte sans doute. Puis elle lève la main entre ses seins, détache la serviette et la laisse tomber au sol.

Je retiens mon souffle, tiré de mon état de stupeur par le désir écrasant de la toucher. Son corps n'est pas parfait selon les critères traditionnels. Le magazine *Sports Illustrated* ne fera pas appel à elle. Pourtant, je n'ai jamais vu une femme aussi adorable. Ses jambes m'ont déjà séduit, mais à présent, ses hanches aussi m'attisent. Elles sont étroites, mais bien définies par sa taille fine, aux dimensions parfaites pour mes mains. Ses fesses sont plus arrondies et fermes qu'il n'y paraît avec un jean. J'imagine mes mains dessus alors que je l'attirerais à moi, nue, prête et vibrante de désir.

Je pousse presque un gémissement avant de le ravaler au fond de ma gorge pour qu'elle ne se rende pas compte de ma présence. J'ai envie de saisir encore quelques secondes de ce moment interdit.

C'est alors que je me rends compte qu'elle ne bouge pas du tout. Son bras est toujours tendu, la soie rouge dans sa main. Ses épaules n'ont pas bougé. Elle ne respire même pas.

Elle sait que je suis derrière elle.

Je m'en veux tellement. Je n'ai aucun droit d'envahir ainsi son intimité. Je lui dois plus qu'une excuse, mais bon sang, je ne trouve pas les mots.

Je cherche quelque chose à dire quand elle tourne lentement la tête. Je retiens mon souffle en m'attendant à ce qu'elle se penche pour ramasser la serviette. Qu'elle se couvre avant de se déchaîner contre moi. Je suis prêt à ne rien faire, à encaisser sa colère.

Mais elle ne se penche pas. Et il n'y a pas que sa tête qu'elle tourne vers moi. Elle pivote tout son corps, les bras ballants, se montrant tout entière. Sa poitrine est ferme, ses tétons dressés. Les muscles de son ventre frémissent, unique indication de sa nervosité, et ses jambes légèrement écartées présentent son joli pubis épilé. Je prends une vive inspiration, incapable de détourner le regard. Elle est incroyable. Elle est absolument tout et je me rends compte que j'ai la bouche ouverte, mais que les mots me manquent. Je ne sais pas quoi dire, à la fois excité, honteux et abasourdi.

— Salut, fait-elle.

La chaleur dans sa voix me donne cette permission que je ne pensais pas avoir. Elle fait un pas vers moi, puis un autre, et encore un autre. Bientôt, elle se tient juste devant moi, entièrement nue et assez proche pour que je la touche.

J'en ai envie, tellement envie, mais malgré son invitation évidente, je ne peux pas bouger un muscle.

— C'était comment, ta promenade ?

— Sympa.

Ma voix est éraillée.

— Ma douche aussi. Tu m'as manqué.

— Sam...

Elle se rapproche et je sens le parfum de fraise de ses cheveux mouillés.

— Tout va bien, tu sais.

Pourtant, non. J'entends la voix de Brody dans ma tête. J'entends même la mienne. J'en ai assez des histoires de cul. J'en ai assez du cul pour le cul. Et je n'ai aucune envie de gâcher toute une vie d'amitié entre Brody et moi, ou entre Sam et moi.

— Non, dis-je. Je suis désolé. Tu es terriblement attirante, mais je ne peux pas. Je dois... Je ne peux pas.

Je tourne les talons et me dirige vers le rideau toujours tiré devant la porte-fenêtre. J'ai envie de regarder en arrière pour savoir si je l'ai ébranlée. J'espère que non. Il faut du cran pour faire ce qu'elle vient de faire, alors j'en déduis qu'elle peut survivre à mon refus paniqué.

Mais je suis incapable de me retourner. Parce que la vérité, c'est que je veux ce qu'elle m'offre et je crains de céder si je la regarde. Et je ne peux pas me le permettre.

Je me promène sans but, à nouveau préoccupé par les paroles prophétiques de Cayden : *en manque de cul.*

Décidément, il a vu juste.

La sonnerie de mon téléphone retentit et je le sors de ma poche en espérant que ce soit Sam, pour découvrir qu'il s'agit de l'autre personne qui occupe mes pensées en cet instant : Cayden.

— Tu ne peux pas vivre sans moi, lui dis-je.

— Comment ça va ?

— Pas mal. Le domaine est magnifique.

— Et la fille ?

— Magnifique aussi.

— Elle t'a déjà mis dans son lit ?

Presque, et ce n'est pas l'envie qui manque.

— Tu es un abruti. Tu le sais, n'est-ce pas ?

— Je t'embête, c'est tout. Ah, encore un conseil.

— Génial.

— Je dis simplement qu'il te suffit de regarder ce que tu as sous les yeux, pas un écran que Brody a dressé pour te cacher la vue.

— Cayden…

— Je suis sérieux, vieux. Connor a failli perdre Kerrie parce qu'il était trop obstiné, et moi, j'ai failli ne pas voir Gracie parce que j'étais aveuglé par ce qui s'était passé avant. Sam est une adulte, pas une annexe de Brody. C'est tout ce que je dis.

— Je vois. C'est vraiment pour ça que tu as appelé ? Parce que ça me paraît très sentimental, même venant de toi.

— Eh, je suis un romantique converti. Mais, non, en fait, j'avais une question sur le bilan Mendez. Kerrie dit que tu as chargé le fichier, mais je ne trouve aucun document papier ni version électronique.

— Merde, dis-je en me coulant aisément dans cette conversation professionnelle, contexte bien plus sécurisant en dépit du petit souci évoqué. Il est peut-être coincé sur mon disque dur. On devrait vraiment avoir un responsable informatique, parce que ce n'est pas la première fois que ça arrive.

Je continue ma diatribe sur le dysfonctionnement du système de partage de dossiers automatique jusqu'à ce qu'il se rende dans mon bureau. Là, je le guide pour qu'il accède à mes documents. Nous passons en revue quelques points essentiels du bilan, puis nous terminons.

— Super. Merci. Désolé de t'embêter pendant tes vacances.

— Aucun problème. Cayden…

— Oui ?

J'hésite avant de secouer la tête.

— Rien. Je t'appellerai en rentrant. Tu passeras boire une bière et me regarder vider ma valise.

— Toi, tu sais motiver les gens.

Il raccroche et je prends une grande inspiration en pensant à Brody. Je devrais l'appeler. D'autant plus que sa voix produira un effet douche froide sur mes pensées lubriques au sujet de sa sœur.

Le téléphone à la main, je cherche Brody dans ma liste de contacts. Au moment d'appuyer pour composer son numéro, mon doigt résiste. Enfin, avec un juron impuissant, je range l'appareil dans ma poche et je retourne dans la suite pour me changer avant le cocktail.

CHAPITRE HUIT

SI JE NE DEVAIS PAS PARLER À Reg, la soirée serait parfaite. Il y a toutes sortes de boissons, allant du vin jusqu'au whisky et autres cocktails élaborés. L'ambiance est incroyable. Les mariés sont charmants et joyeux. Et tout se déroule sans la moindre gêne entre Sam et moi.

Au contraire, tout sourire, elle m'apporte un Scotch avec de l'eau, puis elle me propose d'aller me chercher une part de cheese-cake au Snickers, spécialité que propose le chariot des desserts, pure coïncidence comme elle me le jure.

— Reste, lui dis-je en voyant Reg se diriger vers moi.

Je suis prêt à sacrifier ma dose de Snickers pourvu que je ne me retrouve pas seul avec lui.

— Il faut qu'on soit tellement mielleux qu'il aura sa dose de sucré pour la soirée, ajouté-je.

— Non. Il suffit qu'il sache quel homme merveilleux je me suis dégotté. Alors, épate-le pendant que je vais te chercher du cheese-cake.

Elle se hisse sur la pointe des pieds pour m'embrasser sur la joue avant de disparaître dans la foule. Je reste immobile en me demandant pourquoi elle ne m'a pas aussi proposé une cigarette et un bandeau sur les yeux.

Ma première impression de Reg, celle d'un garçon attentionné, s'est évanouie depuis longtemps. Il a enfoncé le premier clou à la réception de l'hôtel, et chaque fois que nous nous sommes croisés – trop souvent à mon goût ce soir – il a scellé un peu plus son cercueil.

— Ça n'arrête pas aujourd'hui, dit-il en levant son verre. Je n'ai pas encore obtenu le poste de vice-président, mais tout le monde est tellement convaincu qu'il sera officiellement pour moi la semaine prochaine que je réponds à tous les appels des clients importants.

— Vous devez être très occupé.

— Ce genre de vie sur les chapeaux de roues ne convient pas à tout le monde. Il faut pouvoir jongler avec plusieurs problèmes par jour, gérer les gens autant que les affaires, toujours avoir plusieurs coups d'avance et prévoir ce qui vient.

— Hmm, dis-je, à court de réponses.

— Et l'hypocrisie. Vous n'avez pas idée de l'étendue de l'espionnage industriel dans cette branche. On a beau travailler dans le jeu, c'est ridiculement impitoyable. Vous savez, il y a peut-être même des espions ici, sur le domaine, qui essaient de deviner notre prochain titre phare ou d'avoir un aperçu de nos finances pour le prochain trimestre.

— Je pense que c'est plutôt la technologie sous-jacente qui attire les espions, pas les jeux en tant que tels.

Un professionnel de l'industrie ne devrait-il pas comprendre cela mieux qu'un spécialiste de la sécurité qui ne joue qu'à l'occasion ?

Il rejette mon observation d'un geste de la main.

— Ça doit vous ennuyer, tout ça. Ce n'est certainement pas le genre de milieu qui vous conviendrait. Ou que vous comprendriez. Même si je suppose que les acteurs ont besoin de connaître en surface les carrières dans lesquelles évoluent leurs personnages.

— Hmm.

Bien qu'acteur ne soit pas mon premier choix – j'ai suggéré pilote d'essai –, Sam a souligné à juste titre que je serais plus doué pour jouer les acteurs que les pilotes. D'autant plus que le père de Reg possède un Cessna monomoteur.

Maintenant, j'envisage d'inventer une société de production rachetée par Disney qui me rendra multimillionnaire du jour au lendemain, mais je me ravise. Je ne suis pas un acteur. Lui, en revanche, c'est un authentique abruti. Il vaut mieux maintenir le statu quo.

Et avec un peu de chance, Sam sera bientôt de retour.

— J'ai de la chance, reprend-il. Vraiment. Même avec un talent comme le mien, ce n'est pas toujours reconnu. Heureusement, le père de Lisa a su le déceler en moi. Je dois le remercier pour ma promotion à venir. Enfin, lui et les atouts impressionnants que j'apporte à sa boîte.

— Lisa ? demandé-je en feignant d'ignorer de qui il veut parler.

— Ma fiancée. Lisa Bronwyn. On est tombés fous amoureux l'un de l'autre.

— Elle est ici ?

Il secoue la tête.

— Malheureusement, elle a dû annuler à la dernière minute. Mais comme Cherry est ma cousine, je tenais à être là pour elle.

— C'est gentil.

Aussitôt, j'affiche un sourire plus radieux qu'il ne le faudrait pour du cheese-cake en voyant Sam revenir.

— Rien pour moi ? demande Reg.

Sa voix est taquine, mais la réponse de Sam est cinglante :

— Tu n'obtiendras plus rien de moi. Chéri, ajoute-t-elle en me regardant, tu n'as pas encore pu discuter avec Cherry. Viens, allons la chercher.

En réalité, elle m'a présenté à Cherry en arrivant à la fête, et nous avons eu une longue et agréable conversation, après laquelle j'ai partagé à Sam mon opinion selon laquelle la mariée était tout à fait digne de son amitié.

— Où allons-nous vraiment ? demandé-je.

— Loin de Reg. Ça suffit.

— Je pourrais t'embrasser, là maintenant, lui dis-je.

En réaction, elle incline son visage.

— Fais-le, dit-elle. Il nous regarde.

Cette fois, je n'hésite pas. Tout à l'heure, c'était du bonus. Là, c'est de la mise en scène. Je la prends dans mes bras et j'incline son menton tout en posant la bouche sur la sienne. J'ai bien l'intention d'être sensuel et romantique. Un vrai baiser spectacle pour un public divers et varié.

Mais rien ne se passe jamais comme on l'a prévu. Elle écarte les lèvres, ouvre la bouche et je n'hésite même pas. J'en prends possession avec avidité, savourant le jeu de nos langues et de nos dents tandis qu'elle m'agrippe la nuque et m'attire tout contre elle. C'est plus qu'un baiser, c'est un assaut ouvertement sensuel et j'en ressens les effets brûlants, qui me réchauffent le sang et embrasent mes sens.

J'ai le tournis et je ne veux pas que ça s'arrête. Quand nous nous séparons, elle me prend la main.

— Maintenant, dans la chambre.

— Pourquoi ?

Mes défenses sont à terre, mais en dépit de ce baiser, ma position n'a pas changé vis-à-vis de Brody.

— Parce qu'ils croient tous que nous allons baiser, et Reg le premier. C'est exactement ce qu'on veut leur faire croire.

— C'est vrai.

Je prends une grande inspiration. J'ai l'impression de les tromper en leur faisant croire ce qui, pourtant, n'arrivera pas.

— Ça reste une option, dit-elle quelques minutes plus tard, une fois dans la suite.

Nous avons traversé la moitié du domaine en silence, mais je sais très bien de quoi elle parle. Notamment parce que je n'ai pensé qu'à ça, moi aussi.

— Samantha...

Elle plisse les yeux, puis elle penche la tête vers le lit.

— Suis-moi.

— Sam, tu sais que nous...

— Un jeu, rétorque-t-elle. Nous allons simplement jouer à un jeu.

Elle monte sur le lit, ramassant sa robe autour de ses jambes repliées. Puis elle tapote le matelas devant elle.

J'hésite, mais j'ai un peu bu et ma tête tourne légèrement. Pourquoi n'aurais-je pas envie d'un petit jeu avec cette femme ?

Alors, oui. Je me joins à elle. Non sans une appréhension.

— À quoi allons-nous jouer ?

— *Action ou vérité*. Ou *Je n'ai jamais*.

Avec un sourire magnanime, elle ajoute :

— À toi de choisir.

— Tu as conscience qu'on n'est plus à l'école ?

— Oui, merci, je sais. Mais je sais aussi ce que je veux.

— Et qu'est-ce que tu veux ?

— Ce n'est pas évident ? Je veux jouer à ce jeu avec toi. Pourquoi ? Tu es trop timide ?

— Je n'ai peut-être pas envie de révéler tous mes secrets.

— Aucun souci, répond-elle sur un ton guilleret. Ce sera *Action ou vérité*, alors. Et puis, tu n'es pas obligé de me dire quoi que ce soit. Tu peux toujours choisir action si tu préfères.

Elle désigne le salon.

— On va garder le whisky, au fait, et j'offrirai le gin à Cherry quand je retrouverai les filles au spa demain matin.

Une fois de plus, elle agite la main.

— Allez, vas-y. La bouteille est sur le bureau et il y a des verres dans la kitchenette.

Je devrais protester, mais je n'en fais rien. Pourquoi ? Parce que même s'il le faut, j'ai envie de jouer. Et j'espère qu'elle choisira vérité la plupart du temps, parce que j'ai envie de connaître ses secrets. Et parce que, si elle opte pour action, je ne sais absolument pas quel gage je lui donnerai.

Je rapporte les verres et la bouteille, et je nous sers sans prendre la peine d'ajouter des glaçons.

— On boit aux questions ou aux actions, décrète-t-elle.

J'acquiesce, même si je suis à peu près sûr que ce ne sont pas les règles officielles.

Elle me demande de commencer, et lorsque je pose la question, elle choisit vérité.

— Qui est la dernière personne avec qui tu as couché ?

— Reg. Mais ce soir, je couche avec toi.

— *À côté de* moi, rectifié-je.

Elle hausse une épaule.

— Nous verrons. Action ou vérité ?

— Action.

Elle sirote son verre tout en réfléchissant, et même si nous ne buvons qu'aux questions, je ne l'arrête pas. D'ailleurs, j'en bois un moi aussi. Après tout, c'est l'esprit du jeu.

— Très bien. Enlève ta chemise.

Je trouve que je m'en sors bien. Je porte un jean et

une chemise en lin grise. Dès que je l'ai retirée, je la jette à côté du lit.

Elle grignote sa lèvre inférieure tout en m'explorant du regard.

— Sympa, fait-elle.

Ce simple mot me réjouit plus qu'il ne le devrait. Puis elle hausse les sourcils, troublée, et désigne un point, quelques centimètres sous mon épaule.

— Éclat d'obus, dis-je avant qu'elle ne m'interroge. C'était en Afghanistan. Et on ne parlera pas de ma période dans l'armée. Ce jeu n'est pas censé être sérieux.

— Oh, il est très sérieux, rétorque-t-elle. Mais cette règle me convient.

Elle termine son whisky et me tend le verre pour en avoir plus.

— À ton tour de demander, dit-elle pendant que je la ressers.

Je m'exécute, et cette fois, elle choisit action. Pendant un moment – un moment dont je devrais avoir terriblement honte –, j'envisage la possibilité de la mettre au défi de me sucer la queue.

Je chasse aussitôt cette pensée. Parce qu'il est hors de question de nous aventurer sur ce terrain.

Pourtant... même si je ne compte pas la baiser, je peux toujours profiter de la vue.

— Enlève ta robe.

Sans protester, elle baisse la fermeture dans son dos et fait passer le vêtement par-dessus sa tête. Puis, elle le jette sur ma chemise.

À présent, elle est assise à cinquante centimètres de moi, en culotte et soutien-gorge sans bretelles. Je l'ai vue plus déshabillée que ça – à savoir entièrement nue –, mais bon sang, je suis plus dur maintenant que je l'étais cet après-midi.

Je vide mon verre d'un trait et j'essaie de retrouver une certaine contenance.

— À moi, dit-elle. Ce sera quoi ?

— Tu le sais.

— D'accord. Action, alors, fait-elle en baissant les yeux. Retire ton jean.

Merde. J'aurais dû m'en douter.

— Je ne peux pas. Ce serait plus que tu n'en attends.

— C'est-à-dire ?

— Je ne porte rien dessous.

— N'importe quoi.

— Je suis sérieux.

Je me suis rendu compte en m'habillant que j'avais oublié de prendre des sous-vêtements. Je hausse les épaules.

— Ce n'est rien. Sauf pendant une partie d'*Action ou vérité*.

— Je crois toujours que tu me racontes des craques.

Tout en parlant, elle s'est approchée de moi.

— Qu'est-ce que tu fais ? m'exclamé-je lorsqu'elle tire sur ma ceinture et glisse sa main à l'intérieur. Merde, Sam !

Ma voix me semble étrangère, mais je n'étais pas prêt à sentir sa paume sur mon sexe en érection.

— Tu es excité, dit-elle d'une voix douce. Moi aussi.

Sa main quitte mon jean pour se poser sur le matelas devant moi, mais cette fois, elle n'a plus les jambes serrées et repliées sous son corps. Non, elle est en position de lotus, m'offrant une vue imprenable sur sa culotte à l'évidence humide.

— Bon, dit-elle. Action ou vérité ?

Mon cœur bat la chamade. Oui, mes résolutions battent de l'aile.

— À ton tour de choisir.

Elle ne répond pas, mais sans me quitter des yeux, elle glisse lentement ses doigts sous l'élastique de sa culotte.

— Caresse-toi, me dit-elle.

— Bon sang, Sam... On a dit qu'on ne ferait pas ça.

— Ce n'est qu'un jeu.

Sa voix est basse, chargée de possibilités sensuelles, et je vois ses mamelons pointer sous le satin fin du soutien-gorge.

— Tu n'as fait aucune promesse à Brody concernant les jeux.

— Alors, jouons.

Ma voix est rauque sous l'effet du désir.

— Et c'est à ton tour de choisir.

Elle capitule avec un soupir, mais ses doigts s'attardent dans sa culotte.

— Vérité, dit-elle.

— Position sexuelle préférée ?

Je me demande bien pourquoi c'est la première pensée qui m'est passée par la tête.

— Ça reste à déterminer. Tu veux m'aider à le découvrir ?

— Sam. Arrête.

— D'accord. Vérité ?

— Bon, très bien, dis-je en soupirant.

— Qu'as-tu promis à mon frère exactement ?

J'y réfléchis, essayant de rejouer la conversation dans ma tête.

— Que je ne tenterai rien.

— Bon à savoir. Je crois qu'on peut faire avec.

Je secoue la tête.

— Non, il y avait un sous-entendu : que je n'allais pas baiser sa sœur.

— Pas de baise, précise-t-elle. Il a peur que tu me séduises, mais ce n'est pas ce qui se passe, n'est-ce pas ?

Non, en effet. Loin de là. Pourtant, je me contente de répondre :

— Sam...

— Joue le jeu.

— Il est tard et tu as du mal à garder les yeux ouverts.

C'est vrai. Elle a terminé son deuxième whisky et elle commence à somnoler.

— Allez, joue le jeu !

— D'accord. Action.

— Regarde.

Les doigts qui avaient à peine glissé sous le tissu descendent jusqu'à son clitoris. Je ne vois pas tout, mais il me suffit de savoir ce qu'elle fait sous la soie délicate...

— Bon Dieu, Sam.

Elle me rend fou.

— Tu ne peux pas...

— C'est ton action. Je te mets au défi de regarder. Pas de me toucher. Pas de te toucher. Mais regarde-moi. Tu crois que tu peux le faire ?

Tout en parlant, elle retire sa culotte et dégrafe son soutien-gorge. À présent, elle est entièrement nue, sa peau luisante d'excitation.

— J'aime que tu me regardes, dit-elle en jouant avec son clitoris.

Son regard rencontre le mien et elle demande :

— Ça te plaît, à toi aussi ?

— C'est action, pas vérité.

Elle ferme les yeux et décolle les hanches, enfon-çant deux doigts en elle.

— Dis-le-moi. S'il te plaît, Léo. Je veux te l'entendre

dire.

— Oui, avoué-je, tellement excité que j'ai toutes les peines du monde à ne pas envoyer au diable ma promesse et la baiser sur-le-champ. Je suis dur comme la pierre et tu vas me tuer. Action ou vérité ?

— Action.

Le mot reste suspendu dans les airs.

Je prends une inspiration, conscient que je m'apprête à franchir une ligne. Mais ce n'est pas grave, parce que je ne compte pas aller plus loin.

— Léo ?

Sa voix est si douce.

— Dis-moi. Quelle est mon action ?

— Jouis pour moi, murmuré-je. Je te mets au défi de jouir pendant que je te regarde.

Un sourire danse sur ses lèvres et je la regarde, fasciné, tandis que ses doigts vont et viennent, que ses hanches ondulent et que son corps tremble de plus en plus, au fur et à mesure qu'elle se rapproche du but.

Ma queue est d'acier, mais je n'ai aucune envie de me masturber. Je suis hypnotisé par ses bruits. Par la façon dont ses muscles se contractent et se détendent. Par le rythme de ses hanches.

Alors que je commence à me dire que je pourrais la regarder toute la nuit, elle crie en se cambrant et halète, serrant le poing sur le couvre-lit froissé.

Lorsque son corps cesse enfin de trembler, elle se laisse retomber contre les oreillers et tend la main vers la couverture décorative pliée au pied du lit. Je la borde et elle s'y blottit, ramenant la couverture sur ses épaules avec un sourire innocent.

— Bonne nuit, Léo, dit-elle avant de rouler sur le côté.

Son corps nu pelotonné dans la couverture, elle dérive vers un sommeil favorisé par l'alcool et le sexe.

CHAPITRE NEUF

QUAND JE ME RÉVEILLE, son côté du lit est vide et l'intérieur de la suite est silencieux, plongé dans l'obscurité.

Je me redresse et allume la lampe de chevet, terrifié à l'idée qu'elle puisse regretter le numéro surprenant, merveilleux et assurément torride auquel elle s'est livrée devant moi.

Je jette un œil à mon téléphone pour constater qu'il est déjà onze heures passées. Mon imagination s'emballe et je l'imagine dans un taxi, presque arrivée à Austin. Ou alors dans la suite de Cherry, puisque les mariés font chambre à part jusqu'à la cérémonie.

Mais avant que je puisse l'appeler ou imaginer un autre scénario de cauchemar, je découvre un mot inscrit au rouge à lèvres sur le miroir de la salle de bain.

J'espère que tu as aimé le spectacle.
Moi, oui.

Je ne sais toujours pas où elle est partie, mais au moins, mon cœur s'est calmé. Puis je me rappelle le programme et je vois que les femmes commençaient leur journée au spa à huit heures. Les hommes peuvent se retrouver à treize heures pour jouer au poker, suivi de ce qui s'appelle un Brunch au Bloody Mary.

J'envisage de rester ici. À dormir. À me reprocher d'être allé aussi loin avec Sam hier, en dépit de mes décisions. Et surtout, à me reprocher d'avoir autant aimé ça. Appeler Brody, aussi, et implorer son pardon.

Peut-être prendre une douche et me branler au souvenir de la veille au soir...

Honnêtement, c'est l'option la plus tentante.

Et la vérité, c'est que Sam a raison. Je n'ai pas bafoué ma parole avec Brody. À proprement parler, du moins.

Je n'ai pas couché avec elle et je ne l'ai pas séduite.

Bien au contraire.

Mais bon sang, ce n'est pas l'envie qui me manque.

Je passe les doigts dans mes cheveux en prenant conscience que ma décision est déjà prise pour la journée. Je vais m'imbiber de Bloody Mary pour l'enterrement de vie de garçon, puis je perdrai assez d'argent au poker pour apaiser la culpabilité que je n'ai même pas encore justifiée.

Mais avant tout, je vais prendre une douche froide.

Quand arrive le cocktail du samedi soir, j'ai gagné plus de deux cents dollars, que je verse dans le pot commun pour la lune de miel des mariés. D'après ce que m'a dit Reg pendant les pauses entre deux parties, ils avaient l'intention de passer deux semaines en Europe, mais il s'avère qu'ils ne peuvent pas s'offrir plus d'une semaine. J'en suis étonné, à en juger par ce week-end luxueux et sans doute hors de prix.

Mais Reg a anticipé mon commentaire. Il m'a expliqué que le propriétaire du domaine est le parrain de Cherry et que tout le week-end est son cadeau de mariage. Fabuleux, mais le voyage de noces n'est pas inclus. Maintenant, la famille et les amis se cotisent en secret pour une cagnotte que le couple pourra dépenser en voyage ou mettre de côté pour plus tard.

Évidemment, je n'ai pas cherché à soutirer ces informations à Reg. Au contraire, j'ai essayé de lui échapper à chaque silence dans la conversation. Pourtant, comme une sangsue déterminée, il a passé tout l'après-midi avec moi, à m'interroger au sujet de Sam la plupart du temps. Il voulait savoir si elle parlait de lui, si elle m'avait dit qu'ils travaillaient ensemble autrefois, si elle gardait rancune.

Complètement surréaliste. Je me demandais s'il s'agissait uniquement de la culpabilité de l'avoir quittée pour Lisa, ou s'il comptait évincer Lisa dès qu'il aurait décroché sa promotion et jeter à nouveau son dévolu sur Sam.

Je lui ai dit qu'elle ne mentionnait presque jamais son nom. J'ai intérêt à refroidir ses intentions quelles qu'elles soient. Parce que je ne supporte pas l'idée qu'elle soit avec ce type.

D'ailleurs, je ne supporte pas l'idée qu'elle soit avec qui que ce soit. À part moi, bien sûr.

Je jette un regard circulaire, mais il n'y a que quelques femmes au cocktail et Sam n'est pas parmi elles. Je prends un verre de vin rouge sur l'une des tables aux nappes en lin et je songe à retourner dans la chambre, où elle doit être en train de se changer. Comme ce plan présente une issue potentiellement dangereuse, je m'efforce de rester sur place.

Cinq minutes plus tard, je suis récompensé en la voyant apparaître avec Cherry sur la pelouse. Elles rient, le visage rayonnant. Je prends une grande inspiration, fasciné par cette femme qui n'est plus la fille timide et gauche que je connaissais. Maintenant, c'est une femme que je désire.

Et une femme dont je ne voudrais surtout pas briser le cœur.

Je le sais dès l'instant où elle me voit. Son sourire devient si éclatant qu'il me réchauffe malgré la distance. Elle dit quelque chose à Cherry, puis elle s'élance et s'arrête juste devant moi.

— Tu es sexy quand tu dors, dit-elle avec un sourire diabolique. J'ai failli laisser tomber le spa rien que pour rester et te regarder.

— Ça m'aurait plu, avoué-je tandis que nous nous dirigeons vers les bancs en bois. Mais Sam, ce qui s'est passé hier soir, tu sais qu'on ne peut pas…

— Oh si, on peut.

Oui, on peut. Mais on ne devrait pas. Et je n'aime pas cette impression de marcher sur des sables mouvants.

— Action ou vérité ?

Je n'avais pas l'intention de lui poser cette question, et d'après son expression, Sam est tout aussi étonnée que moi.

— Quoi ?

— Action ou vérité, répété-je, plus fermement cette fois parce que je sais ce que je veux maintenant. Optons pour vérité. Pourquoi voulais-tu que je vienne ce week-end ? Était-ce vraiment pour rendre Reg jaloux ? Parce qu'on s'est plus retrouvés ensemble derrière les portes closes que sous son nez.

Elle s'assied.

— Tu m'en veux ?

— Non. Non, je ne t'en veux pas. Je suis seulement... troublé ? Je n'en sais rien.

Elle me regarde faire les cent pas, puis elle répond d'une voix douce :

— En fait, voilà. Je me fiche éperdument de Reg. Pour ça, en tout cas. On n'est même pas sortis ensemble très longtemps.

Je m'arrête devant elle.

— Alors, pourquoi ?

— Léo, s'il te plaît, je...

— Pourquoi ? répété-je.

Elle hoche la tête, puis elle prend une inspiration, et une autre. Enfin, elle vide son verre de vin.

— Je vais en prendre un autre.

— Après.

— En fait, je n'ai jamais... Je n'en reviens pas de te dire ça, mais ce qui se passe à Fredericksburg reste à Fredericksburg, d'accord ?

En songeant à tout ce que nous avons fait, je m'assieds sur le banc à côté d'elle.

— Absolument.

— D'accord, alors je vais tout te dire.

Elle passe un doigt sur le bord de son verre à pied, le suivant du regard sans lever les yeux vers moi.

— J'ai un faible pour toi depuis toujours. Quand on était gamins et que tu étais là, je me sentais tellement vivante. Tu étais le premier à...

— Quoi ? demandé-je lorsqu'elle s'interrompt brusquement.

— Laisse tomber.

— Maintenant, tu m'intrigues. Dis-moi.

Elle se trémousse sur son siège, mais elle finit par marmonner :

— Mon tout premier, tu sais. Quand j'étais ado et... tout ça...

Je sais où elle veut en venir et c'est mignon, mais je suis incapable de cacher mon amusement devant la femme audacieuse de la nuit dernière qui balbutie, les joues écarlates comme sous l'effet d'une combustion spontanée.

— Tu parles de ce que tu as fait hier soir ? Quand tu m'as défié de te regarder ? Et tu n'arrives pas à le dire à haute voix ?

Ses yeux étincellent quand elle lève la tête vers moi.

— Très bien. La première fois que je me suis masturbée jusqu'à l'orgasme, c'est à toi que je pensais. Tu es content ?

Je le savais, mais c'est autre chose de l'entendre. Bon sang, sa confession m'excite follement.

— J'ai toujours eu envie de toi, poursuit-elle, enhardie par ses propres révélations. Tu es un fantasme que j'ai conservé même quand j'étais en couple. Alors, je voulais qu'il devienne réel.

— Sam...

Elle lève une main pour me faire taire.

— Je sais que tu ne cherches pas une relation. Moi non plus. Sérieusement. Mais j'ai besoin de dépasser ça. Et pour être honnête, je veux réaliser ce fantasme.

Elle glisse la main sur mon entrejambe, sa paume sur la bosse de mon érection.

— Tu ne peux pas nier que tu as envie de moi, toi aussi. Peut-être pas avant, au même moment que moi, mais tu as envie de moi maintenant.

Je ne le nie pas – je ne peux pas le nier.

Elle insiste.

— S'il te plaît.

Il y a du désespoir dans sa voix.

— Emmène-moi au lit, Léo. Épuise-moi. Sans attaches, je le jure. Rien qu'un week-end fou, débridé et chaud bouillant. J'ai envie de toi, tout entier. Ensuite, je pourrai oublier mes fantasmes et passer à autre chose.

— Sam, je...

— Ne le dis pas.

— Quoi ?

— Tu allais me dire que je ne devrais pas dire ça et tu aurais sans doute raison. Mais j'ai passé la journée à boire des mimosas. Et comme tu l'as déjà vu, je n'ai aucune inhibition quand je suis saoule avec toi.

Je lui réponds à voix basse, avec tendresse :

— Je n'allais pas dire ça.

— Alors, tu allais dire qu'on ne peut rien faire à

cause de l'ombre du grand frère qui plane sur nous. Tu sais quoi ? On n'est plus en 1984 et ce que mon frère ignore ne peut pas lui faire de mal.

— Ce n'est pas non plus ce que j'allais dire.

— Oh.

Elle fronce les sourcils avant d'ajouter :

— Alors...

— J'allais dire que je ne sais pas si je suis flatté d'être l'objet de tes fantasmes ou insulté que tu penses que je ne serai pas à la hauteur de l'amant idéal dont tu rêves.

Pendant un moment, elle me dévisage. Puis, lentement, elle dit :

— Mais tu ne refuses pas.

— Nous devons établir des règles.

Elle hoche frénétiquement la tête.

— Si je dois trahir la confiance de mon meilleur ami – et tu sais qu'il finira par le découvrir et qu'il me le fera payer même si nous prenons des pincettes –, alors je veux mériter sa punition. Je suis très sérieux.

Je vois sa gorge tressauter lorsqu'elle déglutit, mais ses yeux pétillent avec une envie non dissimulée.

— À quoi penses-tu ?

— Comme tu l'as dit, ce qui se passe à Fredericksburg reste à Fredericksburg. Mais c'est à moi de décider, bébé. Je te promets que ça va te plaire.

Elle acquiesce avec enthousiasme.

— Mais on ne doit pas courir le risque de se faire

pincer. Je mourrais de honte si on embarrassait Cherry ou sa famille le jour de son mariage.

— Très bien.

Elle écarquille les yeux.

— On va vraiment faire ça ?

Le simple fait qu'elle ait envie de moi suffit presque à me faire jouir sur place.

— Le plus tôt sera le mieux, dis-je en me levant, la main tendue pour l'aider à se mettre debout.

Au loin, je remarque les autres invités qui commencent à faire la queue au buffet.

— À moins que tu veuilles du dessert ?

Elle baisse les yeux sur mon entrejambe.

— Oui, figure-toi. Mais si je pense à la même chose que toi, je préfère le déguster dans notre chambre.

CHAPITRE DIX

LE RETOUR jusqu'à la chambre est un véritable exercice de maîtrise de soi, parce que je meurs d'envie de l'attirer dans tous les recoins devant lesquels nous passons. N'importe où fera l'affaire. Tout ce que je veux maintenant, c'est la posséder dans la seconde. Tout ce que je veux, c'est me perdre dans cette femme qui me rend fou depuis l'instant où j'ai franchi sa porte, il y a quelques jours.

Ça ne remonte vraiment qu'à quelques jours ? J'ai l'impression de la désirer depuis toujours. De la connaître depuis toujours. Bon sang, je la connais vraiment depuis toujours. Est-ce que je la désire depuis le début, moi aussi, trop bête pour m'en rendre compte ?

Je n'en sais rien et je m'en fiche. Tout ce qui compte, c'est maintenant.

— À quoi tu penses ?

Son murmure est tendre, un peu éraillé, comme si elle avait du mal à garder le contrôle. Je comprends. Moi aussi.

— À toi. À mon impatience de te prendre.

— Léo...

De toute ma vie, je n'ai jamais entendu une femme prononcer mon prénom avec une telle sensualité, et l'intensité évidente de son désir fait déferler sur moi des vagues d'une envie si forte que je manque tituber. Je me sens à la fois tout petit, flatté et même un peu nerveux, redoutant de ne pas être à la hauteur de son fantasme.

Puis je marque une pause au bord de la piscine, devant notre suite, et je la regarde, l'arrêtant à côté de moi. Il y a une brise légère et la lumière de la piscine ondule. Elle en est baignée, son corps irradie comme celui d'une créature céleste, puissante, forte et sensuelle. Je baisse les yeux et constate que je suis baigné de la même lumière. En cet instant, quelque chose se produit en moi et je sais que, quoi qu'il arrive entre nous, il ne s'agit plus d'un fantasme d'adolescente. Il s'agit de la connexion que nous partageons maintenant. Ce lien électrique que j'ai ressenti depuis le jour béni où elle m'a demandé de jouer le rôle de son fiancé amoureux fou.

— Au portillon, dis-je en désignant l'entrée de notre jardin que j'ai hâte d'atteindre.

Main dans la main, nous courons comme des

gamins avant de faire irruption de l'autre côté de la grille métallique, que nous laissons se refermer dans un claquement.

C'est à ce moment que je sais que je suis incapable d'attendre plus longtemps. Elle a fait quelques pas vers la porte-fenêtre, mais je la ramène vers moi et je la plaque contre le mur couvert de lierre. Mes mains viennent frapper la pierre, la prenant au piège, et ma bouche s'écrase sur la sienne, étouffant son *oh* de stupeur.

On dirait que cette connexion a déclenché un fusible qui nous propulse tous les deux dans une effervescence de chaleur et d'envie éperdue. Elle entrouvre les lèvres et j'explore sa bouche avec ma langue, goûtant, mordant et suçant avec l'énergie du désespoir, comme si c'était une chance que je n'aurais peut-être pas deux fois et que je devais profiter à fond de ce moment.

Elle est tout aussi éperdue que moi. Ses doigts se referment dans mes cheveux et elle me maintient contre son corps tandis que sa langue répond à la mienne coup pour coup. J'ai l'impression de baiser et ma queue se tend contre mon jean pour réclamer un peu d'action.

Détachant une main du mur, je la pose sur son sein. Elle porte un petit haut aux épaules dénudées, sans soutien-gorge, et ses tétons sont au moins aussi durs que ma verge. Je tire sur le col élastique de sorte que ses bras soient plaqués le long de son corps, mais que sa poitrine soit à l'air libre, avant de quitter sa bouche des yeux pour les poser sur son téton.

— Oh, putain, souffle-t-elle lorsque je suçote et mordille, pinçant son mamelon entre mes dents avant d'aspirer sa chair délicieuse dans ma bouche.

Une main toujours sur le mur, je pose l'autre sur le sein que je ne dévore pas, en titillant d'abord son téton, et quand elle réagit avec un enthousiasme renouvelé, en redoublant d'ardeur et lui pétrissant le sein. Je fais rouler son mamelon entre mes doigts tout en mordillant son jumeau.

Elle est prise au piège, sans nulle part où aller, tandis que je monte à l'assaut de ses sens. Pourtant, son corps se tortille et se trémousse. Elle lève une jambe, qu'elle referme autour de la mienne en avançant les hanches. Les gémissements qu'elle produit me font le même effet que de l'huile sur le feu et nous nous embrasons de concert.

Je me baisse, faisant glisser son haut autour de sa taille.

— Soulève ta jupe, ordonné-je.

Ses doigts abandonnent mes cheveux afin de s'exécuter et elle retrousse sa jupe jusqu'à ce que le tissu se rassemble autour de sa taille.

Je marque une pause suffisante pour la contempler. Le mur bloque la lumière de la piscine et nous n'avons pas allumé le porche, si bien que le seul éclairage provient des quelques lampes à énergie solaire dissimulées parmi les plantes. Mais ça me suffit. Ses cuisses luisent et une culotte rose en dentelle cache son entrejambe. Je tombe à genoux et referme la bouche sur son mont de Vénus recouvert de dentelle. Elle se cambre, m'offrant un meilleur accès à son sexe, puis elle crie mon prénom.

Je souris en me demandant si quelqu'un l'a entendue, sans vraiment m'en soucier. Elle est à moi, et je veux bien que tout le monde le sache. Je glisse ma langue sur les contours de sa culotte, écartant le tissu avec mes doigts pour découvrir son sexe splendide.

— Tu es détrempée.

— Tu crois ?

Elle cherchait à se montrer sarcastique, mais sa voix est sortie dans un souffle, avec des accents de désespoir.

— Léo, s'il te plaît.

— Oui, madame, dis-je avant de refermer ma bouche sur son sexe, plongeant les doigts en elle.

Elle se presse contre moi, gémissante et suppliante. Alors qu'elle touche au but, je recule pour l'empêcher de basculer. Pas tout de suite. Je veux d'abord la faire attendre au maximum.

— Léo. Oh, mon Dieu, Léo, *je t'en prie.*

— Tu me pries de quoi ? De te toucher plus ? De te faire jouir ? De te faire vibrer toute la nuit, jusqu'à ce que chaque cellule de ta peau frémisse et que le moindre souffle entre tes jambes t'envoie au nirvana ?

— Oui, chuchote-t-elle. Je veux ça. Tout ça. Absolument tout. Mais surtout, je te veux, toi. S'il te plaît, Léo. Je te veux en moi.

Si j'avais l'intention de l'attiser sans pitié, ces paroles et la passion dans sa voix me font changer d'avis. Je dois l'avoir maintenant, la posséder, m'enfouir en elle et regarder son visage au moment où nous exploserons ensemble.

— Viens avec moi, dis-je en m'écartant tout en parlant, la main tendue pour elle.

J'avais prévu de l'emmener à l'intérieur, mais en voyant la chaise longue du patio avec ses coussins rembourrés, je la désigne de la tête.

— Là. Et je veux que tu sois nue.

Elle l'est presque entièrement, avec son haut autour de la taille et sa jupe froissée qui retombe légèrement lorsqu'elle la lâche. Elle se déshabille en un temps record et rejoint la chaise longue. Sans me quitter des yeux, elle s'assied. Ses jambes ne sont pas tendues, mais de part et d'autre du transat, les pieds sur les dalles de la terrasse et son sexe détrempé frottant le tissu vert foncé. Je me demande si elle y laissera une trace. Je l'espère. J'ai envie de marquer cet endroit, de le faire nôtre.

— Allonge-toi, ordonné-je en descendant au pied

de la chaise longue. J'adore cette vue, mais j'ai envie que tu remontes les jambes.

Elle se mord la lèvre inférieure tout en faisant courir un doigt sur son ventre. Elle relève ses jambes sur le siège dans un mouvement délibérément langoureux. Lorsqu'elle entreprend de jouer avec son clitoris, je sens monter en moi une spirale de désir éperdu.

— Attention. Si tu continues, ça ne durera pas aussi longtemps que tu le souhaites.

— Ça ne fait rien, répond-elle en me taquinant du regard. Il y aura toujours un deuxième round. Et un troisième. Et...

J'éclate de rire.

— Tu me prêtes beaucoup d'endurance, je te remercie.

— Prouve-moi que j'ai raison, exige-t-elle.

C'est une mission que je me ferai un plaisir de réaliser.

Une fois qu'elle est étendue de tout son long, je me lève en la contemplant attentivement, dans ses détails les plus intimes. Elle joue toujours avec son clitoris, m'offrant la vue la plus torride que j'aie jamais vue, et je la regarde pendant un moment, me caressant lentement jusqu'à ne plus tenir. Alors, je retire ma chemise, charmé par son regard gourmand au fur et à mesure que je révèle de plus en plus de peau.

— Tu aimes ce que tu vois ?

— Oh, oui.

C'est l'éloge le plus sincère que j'aie reçu, mais j'ai beau avoir envie de me délecter de son compliment, j'ai encore plus envie de son corps. Son corps, sa caresse, son désir. Bon sang, j'ai envie de tout chez elle, et je laisse mes vêtements en tas tout en m'avançant pour enfourcher la chaise longue. À présent, je suis debout au-dessus d'elle, le sexe rigide et prêt.

Ses lèvres tremblent.

— J'adore cette vue.

Je laisse mon regard la balayer, admirant chaque parcelle de son corps.

— Moi aussi.

Elle s'humecte les lèvres et je la vois frissonner.

— Ça te dérange si on...

Aussitôt, elle s'interrompt en secouant la tête.

— Laisse tomber.

— Quoi ?

J'essaie de paraître détaché, mais je redoute qu'elle souhaite arrêter ou ralentir, même si tout indique le contraire.

— Disons que... Bon Dieu, Léo, j'ai tellement envie de toi. Je veux tout savourer, absolument tout. Mais là, je ne peux plus attendre. S'il te plaît ?

— Bébé, je ne te refuserai jamais rien.

Je quitte ma position – les jambes de part et d'autre de la chaise longue – pour m'y installer avec elle. Je me rapproche et me glisse dans ses bras accueillants avant de la caresser entre les jambes. Elle est tellement mouillée. Elle gémit en se cambrant, murmurant des « oui » et des « maintenant » qui se répercutent directement dans ma queue. Quand je n'y tiens plus, je change délicatement de position pour me placer entre ses cuisses. Ma verge s'attarde contre son sexe tandis qu'elle me supplie de la baiser sans plus attendre.

Naturellement, je m'exécute, la pénétrant d'un violent coup de reins qui lui arrache un cri alors qu'elle agrippe mes fesses pour m'enfoncer encore plus. Nous bougeons ensemble, avec rapidité et vigueur. Lorsque je touche au but, je pose le doigt sur son clitoris afin de l'entraîner avec moi. Je sens ses parois internes se contracter et je sais qu'elle approche de l'extase. Elle se met à trembler sous mon corps, puis elle se disloque et me propulse avec elle. Je la suis dans le plaisir jusqu'à ce qu'enfin – enfin –, nous redescendions des étoiles et restions alanguis, immobiles, la peau brûlante rafraîchie par l'air de la nuit.

Nous demeurons ainsi pendant longtemps, puis nous finissons par nous lever pour rentrer, riant tout bas en nous demandant si quelqu'un nous a entendus.

— Après tout, nous sommes fiancés, dit-elle en se glissant toute nue dans le lit avec moi.

Elle est sur le côté et j'effleure négligemment la courbe de sa taille, sans penser à rien, profitant de ce que je contemple.

Au bout d'un moment, elle croise mon regard.

— Pourquoi tu l'as fait ?

Je secoue la tête, troublé.

— Ce soir. Ça, fait-elle en passant la langue sur ses lèvres. Je ne me plains pas, loin de là, et je sais que je te plais, moi aussi. Mais il y a cette histoire avec Brody et, enfin, tu aurais pu dire non.

Elle baisse les yeux et sa voix se radoucit.

— C'était de la pitié parce que je t'avais ouvert mon cœur ? Tu t'es senti désolé pour l'adolescente à l'intérieur de moi ?

— Certainement pas.

J'aimerais qu'elle voie à quel point c'est sincère.

— Alors, pourquoi ?

Je la regarde, cette femme qui m'a clairement fait comprendre que ce n'était qu'une purge de l'organisme. Une passade sympa, rien de plus.

Je m'efforce de lui sourire.

— Aucune importance. Pourquoi analyser ce qui ne durera qu'un week-end, de toute manière ?

Je me rapproche afin de glisser ma main entre ses cuisses.

— Et si on profitait de ces moments ensemble, plutôt ?

CHAPITRE ONZE

JE M'ÉTIRE dans le noir, encore à moitié endormi. Un son m'a réveillé, mais j'ignore lequel. Je roule sur le flanc et tends la main vers Sam, pour découvrir l'autre côté du lit vide.

Je me redresse, groggy, mais pas inquiet. La dernière fois que je me suis mis dans tous mes états, elle était seulement au spa. Mais quand je consulte mon téléphone et que je constate qu'il est plus d'une heure du matin, je me réveille pour de bon.

— Sam ?

Ma voix est basse, au cas où elle dormirait dans l'autre pièce. Elle s'est peut-être levée hier soir après que nous avons fait l'amour, pour aller lire à côté, où elle se serait endormie. En entrant dans le salon, je constate que ce n'est pas le cas.

Je constate aussi que les rideaux bougent sous

l'effet d'une légère brise, qui n'a rien à voir avec la climatisation. Je tire le rideau pour découvrir la porte-fenêtre entrouverte. Comme cela signifie sans doute que Sam est dehors, dans le jardin, je sors à mon tour. Mais elle n'est pas là non plus, et en m'approchant du portillon, je remarque qu'il est bien fermé.

Les sourcils froncés, je tire le verrou et je m'avance au bord de la piscine. Une seule lumière est allumée et des reflets discrets dansent autour de moi, me procurant un éclairage juste suffisant pour distinguer les autres suites.

Je pivote lentement, balayant du regard les environs sans apercevoir âme qui vive. Elle est peut-être avec Cherry ? C'est ce que font les femmes avant un mariage, non ? Et puis, la cérémonie a lieu demain.

Je suis étonné qu'elle ne m'ait pas prévenu qu'elle sortait, mais c'était peut-être une idée de dernière minute. Un peu rassuré, je retourne dans le jardin. J'ai l'intention de rentrer quand j'aperçois un mouvement, de l'autre côté de la piscine. Je regarde une fois de plus en essayant d'y voir clair et je prends conscience qu'il s'agit d'une silhouette dans l'ombre, à l'entrée de la suite de Reg.

Je dois rêver.

Pourtant, c'est bien elle. Je la reconnais dès qu'un reflet lumineux éclaire son visage. Elle a les yeux écarquillés et les joues rouges.

J'attends de l'autre côté du portillon, et dès qu'elle

le franchit, je lui attrape le bras et l'attire à moi, plaquant mon autre main sur sa bouche pour étouffer son cri à glacer le sang.

— Tu me fais quoi, là ?

Son murmure est grave et furieux quand je la relâche enfin.

— Je crois que c'est une question pour moi, rétorqué-je en l'entraînant dans la suite, refermant la porte derrière nous. Mais qu'est-ce que tu fichais près de la suite de Reg ?

Elle ouvre grand les yeux.

— Ne me dis pas que tu crois que je suis allée me faire sauter en vitesse. Oh mon Dieu, Léo. Pouah.

Je lui lâche le bras.

— Mais non, enfin !

Honnêtement, si elle est encore intéressée par Reg, alors je dois laisser tomber le métier d'investigation, parce que je n'ai pas perçu l'ombre d'un indice.

— Je crois que tu voles des secrets d'entreprise.

Elle était en posture défensive, prête à remettre en cause tout ce qui sortirait de ma bouche. Mais à présent, elle tressaille comme si je l'avais frappée sur la joue.

Un étau glacial me comprime le cœur.

— Putain.

J'ai juré à mi-voix, mais l'émotion est vive. Je la laisse plantée là pour faire les cent pas, frustré que l'ameublement soit trop coquet pour me permettre de me lâcher à coups de poing et de pied sans faire de dégâts.

— *Putain.*

Cette fois, c'est le cri du cœur et je la vois sursauter. Ça m'est égal. Je m'en fiche.

— Tu t'es servie de moi, dis-je en revenant vers elle. Pendant tout le week-end, Reg m'a parlé de son secteur et des espions industriels. Le même secteur où tu travailles en indépendante. Le vol de secrets, ça paye mieux que les contrats de mission ?

Je m'attends à ce qu'elle s'emporte. À ce qu'elle campe sur sa défense. Je m'attends même à des larmes. Ce que je n'ai pas prévu, en revanche, c'est la gifle violente qu'elle abat sur ma joue gauche.

— Espèce d'enfoiré, dit-elle, d'une voix grave et contenue. Tu crois vraiment que je ferais ça ?

— Non.

J'ai répondu par automatisme, sans réfléchir. Mais c'est vrai et je vois bien qu'elle le sait, elle aussi, parce que je devine le soulagement dans ses yeux.

— Non, ce n'est pas ce que je crois. Mais qu'est-ce que tu faisais là-bas ? Et pourquoi tu ne m'as rien dit ?

Ma réponse semble faire fondre son reste de rigueur et elle se laisse tomber sur une ottomane mauve.

— Je ne savais pas si tu allais m'aider.

— Bébé, où étais-tu ?

Je m'agenouille devant elle, les mains sur ses cuisses.

— Je t'aiderai toujours.

— Facile à dire sans connaître l'histoire.

— Toujours, répétai-je résolument. Mais tu dois me le dire.

Elle prend une inspiration avant de hocher la tête.

— D'accord, fait-elle.

Mais avant qu'elle se lance, je la fais taire en posant un doigt sur ses lèvres.

— Est-ce que ça change ce que tu as dit tout à l'heure ?

— À propos de toi ?

Sa bouche exprime ce que j'interprète comme un soulagement.

— Ça ne change pas un seul mot.

— Bien. Continue.

— On travaillait ensemble chez MT. Mais ça ne s'est pas terminé comme je le voulais. Il y a eu une période de creux, où aucun de nous ne travaillait pour une autre société. C'est à ce moment-là qu'on s'est mis ensemble et qu'on a lancé notre propre entreprise. Malheureusement, on faisait tout le travail avant de se soucier de la paperasse, et c'était franchement brouillon.

Elle continue, me racontant qu'elle a travaillé pendant des mois à l'élaboration d'un système d'exploitation innovant orienté vers le jeu vidéo.

— J'y réfléchissais depuis des années, mais je n'avais jamais eu le temps de m'y mettre sérieusement. Alors pendant ce temps, Reg a commencé à se faire des contacts, à rassembler les pièces du puzzle en vue de notre grand lancement sur le marché.

— Laisse-moi deviner. C'est là qu'il a rencontré Lisa.

Elle acquiesce, puis elle me raconte qu'il l'a trompée avec Lisa, évitant de rompre avec elle avant que le système soit opérationnel.

— Mais nous avions un partenariat, même si les documents n'étaient pas au point. Et nous avions tous les deux accès au serveur qui conservait tous nos fichiers.

Je serre les poings. J'ai bien compris où elle veut en venir.

— Il m'a proposé de me racheter.

Quand elle m'annonce le montant, je lâche un sifflement.

— Je sais. C'est beaucoup. Mais loin de ce que ça valait à l'époque ou de ce qu'il en gagnera en le vendant à Sunspot. La vérité, c'était que je m'étais lassée de lui, lassée de toute l'histoire. Alors, j'ai accepté et il m'a payé la moitié. J'en ai utilisé une partie pour acheter la maison de Crestview.

— Mais je suppose que ça dégénère.

Elle opine.

— À peu près au moment de la vente, il a piraté

mon ordinateur. Il est passé prendre le café un jour, soi-disant pour conclure les détails de la vente de notre société et signer le contrat, puisqu'il avait au moins besoin de mon accord par écrit pour revendre la licence aux grosses boîtes. Plus tard, alors que j'étais sortie de la pièce, il a ouvert mon portable et il m'a déconnectée d'absolument tout.

— Il connaissait ton mot de passe.

— Il connaissait tout. Soit parce qu'il en avait l'accès légitime par la société ou parce qu'il y avait prêté attention à l'époque où on couchait ensemble. Je ne donne mes mots de passe à personne. Jamais. Mais il a une mémoire photographique. Si j'étais près de lui en me connectant…

— Oui. Je vois. Mais quel rapport avec ce soir ?

— Sa grande présentation de lundi, celle dont il se vante et qui est censée lui garantir une promotion, c'est celle de notre système.

Je me renfrogne tout en réfléchissant.

— Alors, les espions industriels dont il s'inquiète… C'est toi ?

Elle m'a déjà dit qu'elle ne l'espionnait pas ce soir, mais c'était peut-être ce que croyait Reg ?

— Certainement pas. Pourquoi irais-je espionner ? Tout est dans ma tête et dans mes notes. S'il le faut, je peux tout recréer.

— Alors, je ne comprends pas.

— Il m'a payé la moitié. *La moitié.* Il s'est ménagé

une carrière florissante en effectuant les entretiens lui-même pour un système qu'il a obtenu en me le volant. Figure-toi qu'avec lui, ma patience a des limites. Et il commence à les atteindre.

— Tu veux plus d'argent ?

Elle secoue la tête.

— Je veux ce qui était convenu. Et je le veux avant qu'il vende ce qui ne lui appartient pas réellement.

— Mais le rendez-vous a lieu demain, souligné-je – parce que d'un point de vue technique, nous sommes déjà dimanche.

— Je sais. C'est pour ça que j'étais dans sa suite. J'essayais de me connecter au système pour y installer une infrastructure de paiement.

— Une… attends. Tu voulais qu'il reste coincé tant qu'il n'aurait pas payé ?

— Oui. Tout est au point. Il n'a plus qu'à se connecter et autoriser le transfert. L'argent sera immédiatement versé sur mon compte et, en quelques minutes, il aura à nouveau accès au système.

— Où était Reg ce soir ?

Elle hausse une épaule, d'un air détaché.

— Au lit. Il prend des cachets. Quand il dort, il dort.

— Bon sang, Sam. Et s'il avait décidé de ne pas en prendre ce soir ?

Ma voix est probablement plus sèche qu'il ne le faudrait, mais j'en ai vu de toutes les couleurs dans ma branche, et l'idée de ce qui aurait pu lui arriver me remplit d'effroi.

Elle me prend la main.

— Excuse-moi de ne pas t'avoir dit la vérité depuis le début.

— Et moi, excuse-moi d'avoir tiré des conclusions hâtives.

Nous échangeons un sourire.

— Alors voilà, tu sais comment je me suis fait baiser par mon ex.

— Baiser, répété-je avant de me concentrer sur un détail qu'elle a évoqué plus tôt. Tu as dit que tu avais *essayé* d'installer le moyen de paiement. Que s'est-il passé ?

— Il a modifié des trucs et j'ai perdu l'accès.

— Ponctuellement ou pour toujours ?

— Quelle différence ? Le mariage a lieu demain et il ne passe même pas la nuit ici. Il rentre à Austin après la cérémonie. Je pourrais y retourner ce soir, mais je ne pense pas pouvoir obtenir tout ce dont j'ai besoin avant demain matin.

Elle secoue la tête, écœurée.

— C'est peut-être mieux comme ça. Il pourrait te le faire payer si tu l'humiliais comme ça en pleine réunion du conseil d'administration. Il pourrait te poursuivre en justice, et même s'il ne gagne pas, ce ne serait pas une partie de plaisir.

— Non, non. Il le mérite, mais je n'avais pas l'intention que Sunspot l'apprenne. Il vérifie toujours les choses deux ou trois fois. Il fera forcément un essai après le mariage avant de rentrer, et encore un autre dans son bureau avant la grande réunion. Je pensais que mon compte en banque serait plein avant même que tu me déposes chez moi.

Je me lève en lui tendant la main. Lorsqu'elle la prend, je l'attire dans mes bras.

— Alors, on va le faire.

— Quoi ?

Elle recule pour me dévisager.

— Comment ?

— Je ne sais pas encore, mais après tout, c'est mon métier. Félicitations, bébé. Tu es notre nouvelle cliente.

———————

CHAPITRE DOUZE

— MANIFESTEMENT, le meilleur moment pour le faire, c'est pendant le mariage, dit Cayden.

Nous sommes au *Fût de Chêne*, sur la grand-rue. Cette fois, nous avons pris place autour d'une table de cocktail, dans un angle, construite à partir d'un tonneau de vin. Cayden et moi sirotons du bourbon et Sam triture son vin rouge, auquel elle a à peine touché.

— Et vous êtes certains de pouvoir le faire ?

Je n'ai pas besoin d'entendre la nervosité dans sa voix pour savoir que ce plan la rend nerveuse. Après tout, c'est la cinquième fois qu'elle pose cette question depuis que nous avons retrouvé Cayden, deux heures plus tôt.

Je l'ai appelé ce matin pour lui exposer la situation. Comme Pierce est toujours absent, et que Connor et Kerrie consacrent les week-ends à l'organisation de leur propre mariage, Cayden était un choix tout naturel.

— Est-ce que je me suis trompé quelque part ?

Elle secoue la tête. Ils ont utilisé son ordinateur portable pour effectuer une simulation qu'elle a créée dans la nuit, et jusqu'à présent il a assuré, employant les astuces et les outils qu'elle lui a décrits.

— Seulement, c'est différent quand on est seul dans cette pièce, dit-elle.

— Je vous promets que je vais y arriver.

Avec son bandeau sur l'œil, Cayden peut être effrayant s'il le veut. En ce moment, cependant, il s'efforce de la rassurer au mieux.

— Croyez-moi, je suis très doué pour la technologie. Mieux encore, j'ai vos instructions détaillées et j'ai un génie sous le coude.

— Pardon ?

— Notre société a pour partenaire un génie des technologies du bureau de Stark Technologies Appliquées à Austin, lui dis-je. C'est comme ça que nous obtenons nos meilleurs gadgets.

Cayden sort son téléphone de sa poche.

— Je l'ai en numérotation abrégée. Sérieusement, vous croyez que ce clown vous confierait à moi s'il ne me pensait pas capable d'y arriver ?

Sam pose les yeux sur moi, et pendant un moment, nous sommes seuls au monde.

— Non, murmure-t-elle. Il ne ferait pas ça.

— Tout juste, fait Cayden en lui adressant un immense sourire. Commençons à creuser. Le mariage a lieu au coucher du soleil. Je veux que vous m'interrogiez sur le piratage au moins une dizaine de fois avant, avec les pires scénarios que vous puissiez imaginer.

Elle acquiesce.

— Il y a le thé de la mariée dans peu de temps, mais quand je reviendrai, on s'y mettra. En attendant, apprenez par cœur les notes que je vous ai données.

Cayden hoche la tête.

— Ça marche, patronne.

— Comment es-tu entrée dans sa chambre ? demandé-je en prenant conscience que nous avons omis ce petit détail.

— J'ai attendu qu'il n'y ait plus personne à la réception et j'ai volé la clé de rechange.

Cayden éclate de rire.

— C'est encore la meilleure idée, dit-elle.

Je sens mon cœur se gonfler de fierté.

— Tu as apporté un moyen de communication ?

— Ce n'est pas mon premier rodéo, tu sais ! Évidemment, me répond-il.

— Tant mieux. Si tu as besoin d'aide, Sam peut feindre un mal de ventre et s'éclipser aux toilettes.

— Vous allez vous promener sur le domaine comme si de rien n'était ? lui demande Sam. Les gens ne vont pas se poser de questions ?

— J'ai un uniforme de jardinier dans mon pick-up.

Et je ne me promènerai pas. Je rentre et je sors. Ça ne posera pas de problèmes.

— Bon, très bien.

Elle prend une inspiration, puis elle expire.

— Alors... je crois que je vais vous laisser travailler tous les deux et je reviens après le thé de la mariée pour qu'on puisse revoir tout ça.

Elle se lève et nous l'imitons. Elle me serre dans ses bras, dans un geste que je traduis comme *je ne sais pas si je peux t'embrasser devant ce mec*, puis elle accepte l'étreinte chaleureuse de Cayden.

Après un dernier regard dans ma direction, elle franchit la porte. Une fois de plus, j'espère que cette mission de dernière minute organisée au débotté sera couronnée de succès. Parce que je ne supporte pas la perspective d'échouer et de la décevoir.

— Et maintenant, fait Cayden une fois qu'elle a disparu. Je veux tout savoir.

Quelques jours plus tôt, je l'aurais envoyé au diable. Aujourd'hui, je lui raconte toute l'histoire sans rien laisser de côté à l'exception des détails les plus intimes.

— Alors, voilà, dis-je, sans trop savoir si j'ai besoin de conseils ou simplement de vider mon sac. Si tu en souffles un mot à Brody, tu es mort.

— Mes lèvres sont scellées, sauf pour te donner des conseils.

— Je suis tout ouïe.

— Sors, trouve-toi une femme et baise-la jusqu'à en oublier celle-là.

— Quoi ?

Cayden s'adosse dans son siège et prend une gorgée de whisky avant de répondre :

— C'est ta façon de faire, pas vrai ? Et tu aimes bien cette fille. Alors, arrête avant de t'emballer. Ne cours pas le risque de lui briser le cœur uniquement parce que tu veux t'envoyer en l'air.

Bien sûr, il n'a pas tout à fait tort. C'était ma façon de faire, autrefois. Mais maintenant ? Maintenant j'ai du mal à me reconnaître.

Je sirote mon propre verre tout en traçant un motif dans la condensation, sur la table.

— Je vous regarde, Gracie et toi, Connor et Kerrie, Pierce et Jez, et je me demande ce que je fais, à jouer à la marelle avec les femmes, atterrissant sur l'une juste assez longtemps pour passer à la suivante.

— Pas génial, comme image. Tu t'en rends compte, j'espère ?

Je l'ignore.

— Tu sais pourquoi, avant ce week-end, je n'avais pas couché avec une femme depuis plus de deux mois ?

— Parce que tu as déjà écumé toute la population célibataire d'Austin ?

— Très drôle. Non, c'est parce que je n'avais pas rencontré une seule femme que je n'aie *pas* envie de baiser. Je ne dis pas ça dans le sens où je suis prêt à sauter sur tout ce qui bouge. Ce que je veux dire, c'est que je n'avais pas rencontré de femme assez spéciale pour me donner envie de plus qu'un simple divertissement entre les draps.

Je m'interromps et fais tournoyer le glaçon au fond de mon verre dans un tintement.

— Je n'avais pas rencontré une seule femme qui me donne envie de l'inviter à dîner et de discuter, tout simplement. Puis de la raccompagner chez elle, de l'embrasser sagement et de rentrer chez moi, heureux d'avoir passé une bonne soirée, avec l'envie de remettre ça, encore et encore, plusieurs soirées en tête à tête qui ouvriraient la voie, progressivement, à une nuit au lit. Mais quand on y arriverait, ça signifierait vraiment quelque chose.

— Tu es en train de me dire que c'est Sam ?

— Non... commencé-je avant de froncer les sourcils. Si, je crois bien.

— Tu crois ? Ça me semble plutôt clair, pourtant.

— Dans ce cas, je suis baisé, et pas dans le bon sens du terme. Parce qu'elle a envie de moi uniquement comme matière à fantasme.

— Tu en es sûr ? Ce n'est pas l'impression qu'elle m'a donnée.

— Elle ne s'en cache pas. Sa vie est à Seattle et je suis le fantasme d'adolescence avec qui elle veut coucher tout le week-end histoire de tourner la page une bonne fois pour toutes.

Il émet un grognement.

— Quoi ? m'exclamé-je.

— D'après mon expérience, les femmes ne disent pas toujours ce qu'elles veulent. Les hommes non plus, cela dit.

Il tapote un dessous de verre sur la table.

— Bon, d'accord, d'après mon expérience, personne ne dit jamais ce qu'il veut.

— Tu veux en venir quelque part ?

— Quelque part ? Oui, mon vieux. Sors-toi les doigts du cul et, qui sait, tu découvriras peut-être quelque chose. Sinon, tu ne pourras t'en prendre qu'à toi-même.

CHAPITRE TREIZE

LE MARIAGE EST SOMPTUEUX, mais je crois que ni Sam ni moi n'y prêtons véritablement attention. Nous sommes perdus dans nos propres pensées et craintes. Moi, en tout cas. Je pense à Sam, et je crains que Cayden se fasse pincer.

Et puis, j'ai peur aussi de ne jamais la revoir.

Quant à Sam, j'ignore à quoi elle pense, mais je la vois ramener fréquemment ses cheveux derrière son oreille, où se trouve son oreillette. Je la vois froncer les sourcils, comme si elle redoutait que Cayden ne nage pas vraiment dans un silence radio bienheureux, mais qu'il appelle à l'aide sans qu'elle puisse l'entendre.

Je me penche et lui prends la main, récompensé lorsqu'elle m'adresse un petit sourire nerveux.

Elle garde ses doigts entremêlés avec les miens pendant le reste de la cérémonie, ne me relâchant que lorsque les nouveaux monsieur et madame Tarrant remontent l'allée en sens inverse, acceptant cette fois poignées de main, étreintes et félicitations.

— Tu étais magnifique, dit Sam à Cherry en serrant son amie dans ses bras.

— C'est toi la suivante, répond-elle en me jetant un coup d'œil avec un sourire.

Je remarque qu'en dépit de ses joues écarlates, Sam évite mon regard.

Je me demande bien comment interpréter cela.

Et je ne peux même pas interroger Cayden, qui vient de m'envoyer un texto pour m'annoncer que tout était bouclé. Cela signifie qu'il rentre à Austin. Maintenant, Sam et moi allons attendre de voir si notre plan bricolé à la dernière minute a fonctionné.

Une immense tente blanche a été dressée sur le domaine, avec un parquet en bois verni, une piste de danse à l'écart, plus d'une dizaine de petites tables pour le repas et les conversations, la table des cadeaux et des apéritifs, un orchestre et, bien sûr, un bar.

Nous avons fait la queue au bar, et dès que nous trouvons une table, Sam se tourne vers moi.

— Il a dit que ça s'était bien passé ?

— Comme sur des roulettes. Maintenant, il rentre chez lui.

— Super. Génial.

Elle s'évente avec le programme-souvenir laissé à chaque place.

— Je n'étais pas nerveuse avant, mais là je suis dans tous mes états.

Une fois de plus, je lui prends la main et je lui embrasse le poignet.

— Ça va marcher. On ne tardera pas à le savoir. Ce soir, c'est ça ?

Elle acquiesce, avant de secouer la tête.

— Sans doute. Je ne sais pas. Quand il décidera de le tester.

Elle passe les doigts dans ses cheveux. Ce mouvement fait briller ses reflets auburn subtils sous la lumière tamisée de la tente.

— Reg est encore là. Et s'il restait toute la soirée ? Il attendra peut-être demain pour faire le test au bureau.

— Alors, nous serons fixés demain.

— Oui, je sais. Excuse-moi. Je ne voulais pas paniquer.

— Panique tant que tu veux. Je serai là pour te tenir la main.

Elle incline la tête pour me dévisager, la mine soucieuse.

— Tu seras là ?

Mon cœur a un raté et je réponds sans même réfléchir :

— Toujours.

Le pire, c'est que je le pense sincèrement.

— Je m'en doute. C'est ce que Brody et toi, vous

m'avez promis, n'est-ce pas ? Que vous seriez toujours là pour moi, l'un comme l'autre.

Je fronce les sourcils. Quelque chose dans son intonation me laisse songeur.

— Eh bien, oui, mais…

— Nous ne sommes pas obligés d'arrêter.

Elle a parlé avec une telle ferveur que je m'étonne que le couple à la table voisine ne nous demande pas de quoi elle parle.

— Excuse-moi, reprend-elle à mi-voix. Je… j'ai essayé de trouver un moyen de te le dire. Alors, je crois que je vais me lancer comme ça.

J'acquiesce, mais je ne dis rien de peur de la déstabiliser.

— Je sais que demain, c'est le retour à la réalité, et avant tout je veux te dire merci. D'avoir réalisé mon fantasme.

— De rien, dis-je péniblement à cause de la boule d'angoisse qui s'est brusquement logée dans mon ventre.

C'est une masse dure de regrets et de récrimination. Et même de manque. Parce que je n'ai fait que quelques pas sur ce chemin, mais déjà, la destination ne ressemble pas à ce que j'espérais.

— Ce que je veux te dire, c'est que nous ne sommes pas obligés d'arrêter.

J'attends une seconde avant de demander prudemment :

— Comment ça ?

— Mon projet a été annulé. La mission en free-lance ici. Alors, je rentre chez moi. À Seattle.

Chez elle ? Sam n'est pas chez elle à Seattle.

Bien sûr, je ne le dis pas. Au lieu de ça, je demande :

— Quand ?

— Dans cinq jours.

— Cinq jours ?

Ce n'est pas raisonnable.

— Et tes rénovations ?

— Brody va venir m'aider à terminer ce que j'ai déjà commencé. Puis il a dit qu'il gérerait tout si je veux mettre la maison en location. C'est une bonne idée pour le moment, et ça lui convient aussi. Il prend ses distances avec l'entreprise pendant quelque temps et j'ai le sentiment qu'il ne reprendra pas son poste de PDG.

C'est la seule bonne nouvelle que j'ai entendue jusqu'à présent.

— Qu'est-ce qu'il va faire, d'après toi ?

— Aucune idée. Peut-être retourner dans la police ? En tout cas, ce que je veux dire, c'est que tout ça… fait-elle en désignant le domaine d'un grand geste. Tout ça, c'était une petite boîte. Notre parenthèse ici – ce que nous avons fait – reste dans la boîte de Fredericksburg. Limité dans le temps, je veux dire. Et maintenant… eh bien, je te propose de continuer. Si tu en as envie, bien sûr. Parce que ce sera toujours limité. Cinq jours de plus, dans un endroit différent. Il faudra que ça reste secret, mais ça peut être amusant, tu ne trouves pas ?

Elle se mord la lèvre et ses pupilles vont et viennent tandis qu'elle me dévisage, sans doute pour essayer de comprendre.

Mais je suis capable de masquer mes émotions, et en ce moment, je n'ai aucune envie de révéler le moindre détail.

— Enfin, si tu veux, ajoute-t-elle maladroitement. Ce n'est que... tu sais que je fantasme sur toi depuis toujours. Et j'ai passé un excellent moment dans le rôle de la fiancée.

— Moi aussi, dis-je avec sincérité, malgré la pierre qui me plombe l'estomac. Et je suis ravi d'avoir été à la hauteur de tes attentes.

Je marque une pause, moi-même sidéré par ce que je m'apprête à dire :

— Mais c'est non.

— Non ?

— Je suis désolé. Je... non.

Sa bouche forme un O, mais elle ne dit rien. Puis elle pince les lèvres avec un sourire forcé.

— Oui, bien sûr. C'est bête. On s'est bien amusés. Pourquoi risquer de gâcher ces souvenirs ?

Je ne sais absolument pas quoi dire. Que j'ai envie qu'elle reste ? Que j'ai envie d'être plus qu'un vague fantasme d'adolescence ? D'être l'homme qu'elle désire et non le souvenir qu'elle chérit ?

Mais elle rentre chez elle et j'en ai assez de perdre mon temps.

Et surtout, je ne sais pas comment le dire. Alors, je me penche pour l'embrasser sur le front, puis je me lève.

— Je vais faire un tour. Envoie-moi un message quand tu seras prête à partir.

— Oh.

Elle prend une grande inspiration, puis elle acquiesce.

— Oui, bien sûr. Je te préviendrai.

CHAPITRE QUATORZE

JE MARCHE sans autre but que d'essayer de me faire à l'idée que c'est fini. Mais ça ne fonctionne pas. Sam s'est infiltrée dans ma peau comme aucune autre femme. Ça ne fait que quelques jours, mais je ne peux pas imaginer ma vie – ou mon lit – sans elle.

Avait-elle seulement envie de moi pour le fantasme ? Une purge mentale avant de retourner à sa vie ?

Je ne pense pas. Tout dans sa voix, dans ses caresses, me suggère autre chose. Quelque chose de plus profond.

Mais je ne connais pas la vérité et elle va s'en aller.

À moins de me ressaisir et de découvrir ce qu'elle pense vraiment, je risque de perdre la meilleure chose qui me soit jamais arrivée.

Et comme je ne suis pas prêt à l'accepter, il est temps de sauter le pas.

Avec une prière silencieuse, je sors mon téléphone et je compose le numéro de Brody.

Il répond à la première sonnerie.

— Salut, vieux, je pensais justement à toi. Comment ça se passe ?

— En fait, je suis amoureux de ta sœur.

Rien de tel qu'une approche franche et directe.

— Vraiment ?

Son intonation joviale est remplacée par la voix tendue et concentrée d'un enquêteur de police.

— Et elle ? Est-ce qu'elle est amoureuse de toi ?

— C'est ce que je dois encore découvrir. Je suis prêt à me jeter dans la gueule du loup, alors je me suis dit que j'allais commencer par toi.

Je me racle la gorge.

— Elle ne t'aurait pas parlé de moi la dernière fois que vous avez discuté, par hasard ?

— Pas un mot. On a parlé de la maison. Tu es au courant pour son déménagement ?

— Oui.

— Et c'est ce qui a motivé ton appel ?

— Je n'ai pas envie de la perdre. Pas si j'ai une petite chance. Mais je ne sais même pas si elle voulait simplement une aventure avec son coup de cœur d'adolescence ou s'il y a autre chose.

— Voulait, répète-t-il. C'est de l'imparfait.

— Tu en es sûr ? Laisse-moi te rappeler que tu avais 5 de moyenne en conjugaison à l'école.

— Et merde.

Je l'entends presque se frotter la nuque. Puis il prend une inspiration.

— Je me suis toujours douté qu'elle craquait pour toi. Sam est très secrète. Si elle te dit qu'elle cherche seulement une aventure, c'est peut-être la vérité. Mais qu'est-ce que j'en sais ? Tu viens de me balancer plus d'informations sur la vie sexuelle de ma sœur que je n'aurais jamais cru ni voulu en avoir un jour.

— Tout ce que j'ai dit, c'est qu'elle voulait une aventure et que je suis tombé amoureux.

— Encore une fois, cette première partie, c'est déjà plus que je n'aurais voulu en savoir. La deuxième partie… eh bien, si tu en es sûr, je suis content pour toi. J'ai déjà été amoureux, et si je ne l'avais jamais été je souffrirais beaucoup moins aujourd'hui, pourtant je ne changerais ça pour rien au monde.

— Je sais. Je comprends.

Je pousse un soupir.

— Alors, je suis pardonné ?

— Pour avoir trahi ta promesse ? Certainement pas. Tu vas me le payer pendant des décennies, mais tu as ma bénédiction pour aller lui parler. Et surtout, je te soutiens. Quand vas-tu en discuter avec elle ?

— En fait, je comptais le faire tout de suite.

Je fais irruption dans la suite, prêt à tout lui dire, mais avant que je puisse prononcer un mot, elle lève les yeux derrière la petite table, son ordinateur ouvert devant elle.

— Ça y est, dit-elle, les yeux écarquillés par l'excitation.

— Il lance le test ?

Je m'empresse de la rejoindre et je tire une chaise pour regarder l'écran, moi aussi. Le code qu'elle a donné à Cayden pirate la caméra de l'ordinateur, la déclenchant sans allumer le signal lumineux. À présent, nous regardons un double écran. D'un côté, la page à laquelle il vient de se connecter. De l'autre, son visage, rouge de concentration, tandis qu'il navigue dans la démo du système d'exploitation qu'il montrera à son patron demain.

— Encore deux écrans, murmure Sam en me prenant spontanément la main.

Il passe à l'écran suivant et je vois ses yeux balayer ce qui s'affiche. Encore un clic, et le même examen rapide.

Il clique à nouveau, et comme je sais ce qui va se passer, je regarde attentivement le visage de Reg. Ses yeux s'ouvrent en grand et il reste bouche bée. Il n'y a pas le son, mais je l'entends presque hurler : « Oh, non ! Putain, pas ça ! » de l'autre côté de la piscine.

— Et s'il vient ? demande-t-elle, la voix chevrotante de peur. Il sait que c'est moi.

— Je m'en occuperai. Mais il ne viendra pas. Il connaît la situation aussi bien que toi. Mieux, même. Et pour le moment, il est le seul à avoir quelque chose à perdre dans l'histoire.

Je le vois articuler : « sale garce », et pendant un moment, j'envisage d'y aller pour le frapper. Je ne dis rien, mais mes pensées doivent se deviner sur mon visage, parce qu'elle me caresse la main en disant :

— Du calme.

En cet instant, le téléphone de Sam émet un tintement et, simultanément, un texte apparaît sur son ordinateur.

Reg : C'est un peu extrême, tu ne trouves pas ?

Elle répond :

Sam : Non, pas du tout.

Reg : S'il y a quelqu'un que tu ne dois pas énerver dans ce métier, c'est bien moi. J'ai une grande influence chez Sunspot.

Sam : Ça ne m'intéresse peut-être pas de rester dans ce métier.

Il n'y a aucune réponse, mais Reg est voûté devant son ordinateur.

— Il essaie de passer en force ?

Elle hausse les épaules.

— Sans doute.

À nouveau, le téléphone tinte et je regarde l'écran

d'ordinateur à la recherche du message correspondant. Mais rien ne s'affiche.

Le sourire de Sam, en revanche, est plus éclatant que jamais.

— C'était... ?

— La notification de paiement, dit-elle avant de parcourir plusieurs écrans sur son téléphone.

Elle marque un temps d'arrêt avant de brandir le poing en l'air.

— Yes !

Abandonnant le téléphone sur la table, elle repousse sa chaise. Ce n'est que lorsqu'elle me saute dans les bras que je me rends compte que je suis déjà debout.

Sa bouche se referme sur la mienne et je savoure son baiser, aussi bref qu'intense. Du moins, avant qu'elle ne tressaille et essaie de reculer en bafouillant :

— Excuse-moi. Je n'aurais pas dû...

— Attends.

Je la retiens pour l'empêcher de quitter mes bras.

— Attends une seconde. J'ai quelque chose à te dire. La vérité, c'est que je ne veux pas d'une soi-disant relation cachée avec toi. Mais ce n'est pas parce que je ne veux pas de toi. C'est tout le contraire. J'ai envie de la réalité, pas de faux-semblants. Parce que voilà, Sam. Je suis tombé amoureux de toi.

Elle me dévisage. Une seconde, et encore une autre, dans un silence absolu de mauvais augure.

Puis elle éclate en sanglots.

Merde.

— Ce n'est rien, dis-je aussitôt. Ce n'est pas grave si tu ne ressens pas la même chose. Aucune pression, mais il fallait que je te le dise, parce que…

Elle m'interrompt en me bousculant dans un éclat de rire.

— Non, espèce d'idiot. Ce sont des larmes de joie.

Ses bras se referment autour de mon cou.

— Merci. Merci d'être plus courageux que moi. Je ne pouvais pas… Je croyais que tu ne voulais rien de plus. Quand tu m'as dit non à la réception, j'ai cru que c'était tout. Que c'était fini. Que ce n'était rien de plus qu'un service que tu avais rendu à Brody, qui t'avait permis accessoirement de t'envoyer en l'air en m'aidant à me débarrasser d'une idée fixe. Et je me suis dit que tout ce que j'avais ressenti entre nous, c'étaient mes rêves que je prenais pour des réalités.

— C'était bien réel. *C'est* bien réel. Je n'ai jamais ressenti… Oh, et puis merde. Je ne veux pas que tu partes à Seattle, d'accord ? Je veux laisser à ce que nous partageons une chance de se développer, parce que je crois qu'il y a quelque chose de spécial et je veux que tu restes ici, où habitent mes amis et ton frère. Nous pouvons peut-être même faire de ces rénovations complètement folles dans lesquelles tu t'es lancée un projet spécial tous les deux.

Elle commence à parler, mais les mots se bousculent dans ma bouche :

— Si ton travail est là-bas, vas-y. Sache seulement que je te suivrai.

— Non...

— Si. Je le ferai.

Elle éclate de rire.

— Je veux dire non, je n'ai pas envie d'y retourner. Je voulais, mais c'était avant.

— Avant quoi ?

— Avant que je me rende compte que j'en ai assez de ce métier. Avant que je comprenne ce que je veux.

— Et de quoi s'agit-il ?

— Toi, dit-elle, faisant fondre mon cœur.

— Tu veux dire nous.

Elle acquiesce, les yeux brillants de larmes.

— Je t'aime, moi aussi, murmure-t-elle. Je crois que je t'ai toujours aimé.

Puis elle se dresse sur la pointe des pieds et passe les bras autour de mon cou. Nos lèvres se rencontrent et je m'abandonne dans un baiser langoureux qui sent la fraise et un avenir radieux.

ÉPILOGUE

Cinq mois plus tard

— TU ME TENTES, dis-je à la femme nue, absolument parfaite, qui se tient dans sa chambre – *notre* chambre depuis vendredi dernier.

Sam se retourne devant sa commode, une culotte en dentelle rose à la main. Elle ne porte pas de soutien-gorge et elle croise les bras sur sa poitrine comme s'il suffisait de cacher ses tétons parfaits pour me refroidir.

Je m'avance vers elle et elle glousse en reculant, mais avec la table quelques centimètres derrière elle, elle n'a nulle part où aller.

— Je te défends. Je viens de me maquiller et Brody sera là dans un quart d'heure.

— Ça nous laisse tout le temps, dis-je en écartant ses mains, les remplaçant par les miennes.

Elle entrouvre les lèvres et je n'attends pas de découvrir si elle va soupirer de plaisir ou m'ordonner d'arrêter pour qu'elle puisse terminer de s'habiller. Ma bouche se pose sur la sienne et je pince ses tétons jusqu'à ce qu'elle gémisse contre moi avant de me repousser doucement.

— Léo...

— Tout le temps du monde, répété-je en la prenant par la taille, la hissant sur la table de style bureau, juste devant le tabouret rembourré où ses fesses nues se sont perchées si souvent.

— On ne peut pas, dit-elle.

Pourtant, elle se penche déjà en arrière, les bras derrière elle pour garder l'équilibre tandis qu'elle m'ouvre grand les cuisses, révélant son magnifique sexe nu.

— C'est ça, dis-je en m'installant sur le tabouret, laissant parcourir mon index sur la peau souple de sa cuisse.

— Oh...

Ce mot, alangui par le plaisir, me pourfend de part en part. J'ai envie de lui soutirer un cri, de la pousser jusqu'au bout et de la jeter sur le lit pour m'enfouir en elle.

Mais ça devra attendre. Elle a raison, nous aurons bientôt de la compagnie. Et en cet instant, tout ce que je veux, c'est faire trembler la femme que j'aime entre mes bras.

Avec une lenteur délibérée, je laisse ma bouche suivre le chemin de mon doigt, employant le bout de ma langue pour la titiller doucement jusqu'à ce qu'elle se trémousse de plaisir et me supplie de la toucher.

Si nous avions plus de temps, je prendrais tout l'après-midi. En l'occurrence, je n'ai que quelques minutes. Elle est déjà trempée et je joue avec sa vulve, décrivant des va-et-vient avec mon doigt tout en embrassant son clitoris, que j'entreprends de sucer vigoureusement alors qu'elle s'agite, oscillant des hanches en rythme avec mon doigt.

Elle a un goût de paradis et ses gémissements me font durcir. Je sais qu'elle y est presque, je sens ses muscles internes se contracter autour des doigts qui lui procurent ce plaisir si intime. Je m'enfonce encore plus, redoublant d'ardeur sur son clitoris, la provoquant de ma langue juste assez pour la faire soupirer, se trémousser et…

— Ça y est, bébé. Jouis pour moi, Samantha.

Comme sur commande, elle explose autour de moi et son cri rivalise d'intensité avec le tintement soudain de la sonnette.

— Merde, souffle-t-elle, encore saisie de convulsions. C'était incroyable, mais putain de merde !

J'éclate de rire, mon doigt toujours en elle, lui soutirant ses derniers tremblements de plaisir.

— Arrête. Oh, mon Dieu, Brody a une clé. Léo, arrête.

C'est ce que je fais, et elle soupire avant de m'attirer à elle pour un baiser.

— J'ai menti, dit-elle en refermant les genoux pour me prendre au piège de ses jambes. N'arrête jamais.

— Jamais.

C'est une promesse.

— Tu es à moi, monsieur. Pour toujours.

— Jusqu'à ce que la mort nous sépare, dis-je. Après tout, est-ce que Brody ne passe pas nous chercher pour aller fêter nos fiançailles ?

— Si. Et ça veut dire que tu dois le laisser entrer pendant que je m'habille.

— Je suis un peu froissé, dis-je en regardant ma chemise.

— Par ta faute. Allez, file.

Après un dernier regard sur ma belle fiancée nue – ma *vraie* fiancée, cette fois – je me dirige vers la porte d'entrée, de l'autre côté de la maison. C'est celle de Crestview, presque entièrement rénovée maintenant. Nous la gardons pour le moment. Même si, un jour, j'espère que nous aurons une ou deux raisons d'acheter plus grand.

Je traverse le salon, puis j'ouvre la nouvelle porte en bois et en verre pour laisser entrer Brody.

— Je n'en reviens pas que mon meilleur ami épouse ma sœur. Maintenant, vous allez sans doute avoir des enfants.

— C'est un monde complètement dingue, dis-je. Mais figure-toi que c'est bien au programme.

— Tant mieux. Mettez-vous-y tout de suite. Je ferai un oncle génial.

— Laisse-nous encore quelques années, dit Sam en nous rejoignant pour serrer son frère dans ses bras. Je veux encore un peu de temps pour profiter de m'envoyer en l'air dans le salon sans entendre courir des petits pieds partout.

— Je n'avais pas tellement besoin d'entendre ça !

— Ne t'inquiète pas, frangin. Tu seras tonton un jour, fait-elle en lui prenant la main. Au moins, nous ne vivons plus chacun d'un côté du pays. Quelques centaines de kilomètres à peine.

Brody est toujours officiellement en congé, mais comme Sam n'avait pas besoin de lui pour l'aider avec la maison, il est resté à Dallas.

— C'est encore trop loin. Je ne vais pas pouvoir débarquer aux moments les plus inopportuns. Et quand vous aurez des enfants, comment voulez-vous qu'ils soient pourris gâtés si je vis au nord du Texas ? D'ailleurs, ajoute-t-il en tendant le pouce vers moi, je ne vais même pas pouvoir garder un œil sur lui pour m'assurer qu'il te traite convenablement !

Je secoue la tête, amusé.

— Je suis sûre que tu trouveras un moyen, le taquine-t-elle. Tu ne manques pas de ressources.

— C'est vrai.

Le coin de ses yeux se plisse comme chaque fois qu'il raconte une blague avant d'arriver à la chute.

— C'est pour ça que j'ai fait une offre pour une maison à quatre rues d'ici !

— Tu plaisantes.

— C'est formidable ! s'écrie Sam avant de lui sauter au cou. Quand as-tu décidé de venir t'installer ici ?

— En même temps que j'ai accepté un nouveau travail.

— Félicitations. Et où as-tu atterri ? demandé-je.

— Dans ton secteur, pour tout dire. Je viens de signer chez Blackwell-Lyon.

À Propos de Mon ange déchu

**Charismatique. Sûr de lui.
Puissant. Autoritaire.**

Investisseur brillant qui change en or tout ce qu'il touche, Devlin Saint est parti d'un modeste héritage pour décrocher des milliards. À présent, il est à la tête de l'un des organismes de bienfaisance les plus en vue sur la scène internationale. C'est un homme déterminé à aider les plus démunis, à combattre l'injustice et à rendre le monde meilleur. C'est du moins une partie de la vérité.

Mais ce n'est pas toute la vérité.

Parce que Devlin Saint cache un secret redoutable. Et il est prêt à tout pour le protéger. Quand Ellie Holmes, journaliste d'investigation, s'intéresse à un meurtre non résolu, elle se retrouve empêtrée dans un nœud d'intrigues et de passion, tandis que Devlin se rapproche dangereusement. Mais alors qu'entre eux, l'intensité et la sensualité montent en flèche, les soupçons d'Ellie suivent la même courbe. Jusqu'à ce qu'elle en vienne à douter de l'authenticité de leur relation torride, craignant qu'il ne s'agisse que d'une façade derrière laquelle il cache des secrets sombres et tortueux.

CHAPITRE 1

Le vent me cingle le visage et le soleil de l'après-midi m'éblouit alors que je descends le long tronçon de Sunset Canyon Road, à plus de cent soixante à l'heure.

Mon cœur bat la chamade et mes paumes sont moites, mais ce n'est pas à cause de la vitesse. Au contraire, c'est exactement ce dont j'ai besoin. L'adrénaline. Le frisson. Je suis une vraie droguée, et ces sensations m'affectent comme une surconsommation de sucre chez un enfant en bas âge.

Honnêtement, je dois mobiliser toute ma volonté pour ne pas mettre ma Shelby Cobra 1965 à l'épreuve et faire monter son puissant moteur dans les tours.

Cela dit, je ne peux pas. Pas aujourd'hui. Pas ici.

Parce que je suis de retour, et mon retour à la maison a réveillé des papillons dans mon ventre. Chaque virage de cette route me rappelle des souvenirs. Des larmes m'obstruent la gorge et j'ai les entrailles nouées.

Bon sang.

J'écrase la pédale d'embrayage, appuie sur le frein et passe au point mort tout en décrivant une embardée sur la gauche. Les pneus protestent dans un crissement tandis que je fais demi-tour, m'engageant sur la voie inverse. L'arrière de la voiture décroche dans un dérapage, avant de s'arrêter pile en droite ligne. J'ai le souffle court, et honnêtement, je crois que ma Shelby aussi. C'est plus qu'une voiture pour moi, c'est la meilleure amie de toute une vie, et en temps normal, je ne la pousse pas autant.

Maintenant, cependant...

Eh bien, maintenant, elle est dangereusement proche du bord de la falaise, toute son aile du côté passager parallèle avec le vide. De là, j'ai une vue imprenable sur la côte, dans le lointain. Sans parler d'un magnifique aperçu du petit centre-ville en contrebas.

Je tire sur le frein à main, le cœur dans la gorge. Ce n'est qu'une fois certaine que nous n'irons pas dévaler à flanc de falaise que je coupe le moteur de la Shelby, essuie mes paumes moites sur mon jean et autorise mon corps à se détendre.

Bien le bonjour, Laguna Cortez.

Avec un soupir, je retire ma casquette de baseball, laissant mes boucles foncées rebondir librement autour de mon visage, jusque sur mes épaules.

— Ressaisis-toi, Ellie, murmuré-je avant de prendre une profonde inspiration.

Pas tant pour le courage – je n'ai pas peur de cette ville –, mais pour la maîtrise de mes nerfs. Parce que Laguna Cortez m'a déjà mise à terre, autrefois, et il va me falloir toutes mes forces pour arpenter à nouveau ses rues.

Encore une respiration, puis je sors de la voiture. Je rejoins le bas-côté de la route. Il n'y a pas de parapet, et de la terre ainsi que quelques pierres dévalent le talus lorsque je m'arrête tout au bord, presque en équilibre.

En dessous, des rochers dentelés dépassent des parois du canyon. Plus bas, les arêtes saillantes s'adoucissent pour former une pente douce avec des maisons diverses nichées parmi les rochers et les broussailles. Les toits de tuiles suivent la route sinueuse qui mène au quartier des arts. Lovés dans la vallée, encadrée sur trois côtés par des collines et des gorges, les lieux s'ouvrent sur la plus grande plage de la ville qui attire un flux constant de touristes et de locaux.

Pour tout le monde, Laguna Cortez est l'un des joyaux de la côte Pacifique. Une ville à l'atmosphère décontractée, avec un peu moins de soixante mille habitants et des kilomètres de plages de sable et de galets.

La plupart des gens donneraient leur bras droit pour vivre ici.

En ce qui me concerne, c'est l'enfer.

C'est ici que j'ai perdu mon cœur et ma virginité. Sans parler de tous mes proches. Mes parents. Mon oncle.

Et Alex.

Le garçon que j'aimais. L'homme qui m'a brisée.

Il ne reste plus personne ici, pour moi. Ma famille, tous sont morts. Et Alex est parti depuis longtemps.

Moi aussi, je me suis enfuie, impatiente d'échapper au poids du deuil et à l'aiguillon de la trahison. Je me suis juré de ne jamais remettre les pieds ici.

Et je croyais résolument que rien ne me ferait revenir.

Or à présent, dix ans plus tard, me revoilà, ramenée en enfer par les fantômes de mon passé.

En haute voltige

En ton nom

En crescendo (nouvelle)

En plein cœur

Nos adorables mensonges

Nos drôles de jeux

Nos belles erreurs

Délivre-moi

Possède-moi

Aime-moi

Comble-moi

Prends-moi

Joue mon jeu

Sur tes lèvres

Sur ta peau

À tes pieds

Séduis-moi

Surprends-moi

Retiens-moi

Tout contre toi

Tout pour toi

Protège-moi

Damien

J. Kenner

J. Kenner (alias Julie Kenner) est une auteure de best-sellers internationaux figurant aux classements des journaux *New York Times*, *USA Today*, *Publishers Weekly* et *Wall Street Journal*. Elle a écrit plus d'une centaine de romans, de romans courts et de nouvelles dans toutes sortes de genres littéraires.

Selon *Publishers Weekly*, JK est une auteure qui a un « don pour le dialogue et la création de personnages excentriques », et le *RT Bookclub* estime qu'elle a su « répondre aux besoins du marché en créant des anti-héros scandaleusement attirants et dominateurs, et des femmes qui fondent pour eux. » Six fois finaliste de la prestigieuse récompense RITA (*Romance Writers of America*), JK a remporté son premier trophée RITA en 2014 pour son roman *Claim Me* (tome 2 de sa trilogie *Stark*) et le second en 2017 pour son roman *Wicked Dirty*. Elle a vendu des millions de livres, publiés dans plus de vingt langues.

Au cours de sa précédente carrière, JK a exercé comme avocate en Californie du Sud et au Texas. Elle vit actuellement dans le centre du Texas, avec son mari, ses deux filles et deux chats plutôt lunatiques.

Visitez son site web www.juliekenner.com pour en savoir plus et pour entrer en contact avec JK sur les réseaux sociaux !

www.jkenner.com

www.ingramcontent.com/pod-product-compliance
Lightning Source LLC
Chambersburg PA
CBHW071805190726
48292CB00008B/2723